場景寫作術

好故事來自一連串的好場景，
一冊通曉「雪花分形寫作法」中
感動讀者的最關鍵步驟。

How to Write a
Dynamite Scene Using the

Snowflake Method

Randy
Ingermanson

蘭迪・英格曼森——著

譯——嚴麗娟

目次

前言　你想寫一本勁爆的小說嗎？　10
・什麼是雪花分形寫作法？　11
・寫出勁爆場景的重要性　11

第一部　故事及場景　15

第一章　讀者最想要什麼？　16
・老虎的傳說　17
・故事的重要性　24
・故事是什麼？　25
・強烈的情緒體驗　26
・本書內容　27

第二章　故事是碰到嚴峻考驗的角色　29
・角色是什麼？　30

・什麼是嚴峻考驗？ 32
・故事如何創造出強而有力的情緒體驗？ 36

第三章 每個場景都是一個微型故事 38
・每個場景都需要碰到嚴峻考驗的角色 39
・破除場景嚴峻考驗 44

第四章 每個場景都需要 POV 角色 47
・讀者想代入哪個角色？ 48
・攝影機要放在哪裡？ 50
・場景發生的時間 64

第五章 每個場景都需要嚴峻考驗 68
・克制衝動，不要解釋故事的嚴峻考驗 69
・場景的模式 70
・場景嚴峻考驗的模式 73
・你怎麼知道場景出了毛病？ 74

第二部 主動式場景 77

第六章 主動式場景的心理學 78
・為什麼主動式場景需要目標？ 79

・為什麼主動式場景需要衝突？ 80
・為什麼主動式場景通常要有挫折？ 82
・主動式場景為什麼有時候需要勝利？ 83
・關於目標、衝突和挫折的建議 85

第七章 如何創造出勁爆的目標 86

・你怎麼知道目標好不好？ 87
・主動式場景可以設定的目標 91
・目標之後，衝突出現 96

第八章 如何創造出勁爆的衝突 98

・主動式場景該有多緊張？ 98
・衝突的模式 99
・主動式場景的一些範例衝突 100
・所有的好場景都必須結束 106

第九章 如何創造出勁爆的挫折 107

・挫折要呼應你的主角 107
・但主角可能很複雜 108
・主動式場景的一些挫折範例 110
・勝利的苦惱，挫折的震顫 114

・然後呢？ 115

第三部 反應式場景 117

第十章 反應式場景的心理學 118
・反應式場景為什麼需要反應？ 119
・反應式場景為什麼需要困境？ 120
・反應式場景為什麼需要決定？ 121
・關於反應、困境和決定的建議 122
・但是，你真的需要反應式場景嗎？ 122

第十一章 如何創造勁爆的反應 125
・你怎麼知道反應好不好？ 125
・反應式場景的幾個範例反應 128
・反應之後則是困境 135

第十二章 如何創造出勁爆的困境 136
・困境的模式 137
・如果你的困境很弱，怎麼辦？ 139
・那麼，何必花時間在困境上呢？ 140
・反應式場景的範例困境 141

・結束意味著新的開始 153
第十三章　如何創造出勁爆的決定 154
・好決定的要素是什麼？ 154
・反應式場景的幾個範例決定 155
・然後怎麼了？ 162
第四部　總結 165
第十四章　情況鑑別——如何修復有問題的場景 166
・情況鑑別——選擇可以、不可以，或者或許 167
・怎麼決定「可以」 169
・怎麼決定「不可以」 170
・「或許」的場景該怎麼辦？ 172
・場景情況鑑定的範例 173
・那就是情況鑑別 179
第十五章　核對清單：如何寫出勁爆的場景 180
・讀者最想要什麼？ 180
・故事是面對嚴峻考驗的角色 180
・每個場景都是一個微型故事 181

・每個場景都需要 POV 角色 181
・每個場景都需要嚴峻考驗 182
・主動式場景的心理學 184
・如何創造出勁爆的目標？ 184
・如何創造出勁爆的衝突？ 185
・如何創造出勁爆的挫折？ 185
・反應式場景的心理學 186
・如何創造出勁爆的反應？ 186
・如何創造出勁爆的困境？ 187
・如何創造出勁爆的決定？ 187
・情況鑑別——如何修復拙劣的場景 188

前言　你想寫一本勁爆的小說嗎？

你想寫出勁爆的小說嗎？

我敢肯定你很想。

我也敢肯定，你寫得出來。

我就是要來教你怎麼寫。

我哪來的自信？

因為我教人寫小說教了很久了。

我是蘭迪·英格曼森，世界各地的作家都叫我「雪花男」，因為我的「雪花分形寫作法」廣受好評，你可以用這個方法來設計小說，然後寫出來。

在我的網站上，雪花分形寫作法有專屬的網頁，檢視次數已經超過六百萬（二〇一八年一月的統計數字）。我也出了一本暢銷書《小說家之路》。

在世界各地，現在有數萬名作者，用雪花分形寫作法寫出他們的小說。

什麼是雪花分形寫作法？

雪花分形寫作法是一系列的十個步驟，可以用來設計小說，幫你寫出初稿。我收到很多電子郵件，告訴我這些步驟非常靈驗，解鎖了他們的創意。

請注意：雪花分形寫作法並不會提升你的創意。因為你已經充滿創造力。

雪花分形寫作法只會告訴你，接下來該把創意放在哪一項工作上。

雪花分形寫作法的十個步驟不需要全部用上。

你可以用你想用的步驟就好。

你可以跳過你不喜歡的步驟。

雪花分形寫作法的第九個步驟跟場景有關，寫作之前先設計好場景。

寫出勁爆場景的重要性

場景為什麼重要？因為，要寫出勁爆的小說，就要先寫出勁爆的場景。

剛開始寫小說的時候，我寫的場景就是不對。然後我找到了德懷特．斯溫（Dwight Swain）

的經典著作《暢銷書寫作技巧》（*Techniques of the Selling Writer*）。那本書裡的兩個章節改變了我的一生，我學到怎麼寫出充滿力量的場景。

如果寫得出一個有力量的場景，就能寫出一百個。

那就是一本小說了。

我在寫作會議任教多年，也評論過數百位作者的稿件。以新進和中階作者來說，我發現他們最弱的地方就是：寫不出有力的場景。大多數的作者如果想要大躍進，最快的方法就是：學習如何設計有力的場景勁爆的場景。

在這本書裡，我會教大家方法。這本書篇幅不長，就專門講一個主題。你可以咻一下把書翻完，成為場景設計大師。你一定可以的。

前面說過，我從德懷特．斯溫的《暢銷書寫作技巧》學到怎麼設計場景。我花了幾十年的時間咀嚼他的方法，反覆思考每一個技巧，想辦法簡化並加入新的想法。這幾十年的功夫都寫進這本書了。

寫這本書的一個目標是教你們成為專家，設計出有力、精采的場景，能牽動讀者的情緒。成為場景專家後，你就向前邁進了一大步，更有希望寫出充滿力量的精采小說，牽動讀者的情緒。

我們開始吧，好嗎？

翻到下一頁，開始吧。

第一部

故事及場景

第一章　讀者最想要什麼？

讀者最想要一個東西。

這個東西，你可以給他們。

究竟是什麼東西？

我可以告訴你是什麼，你也會點頭同意，對，那個東西顯然每個讀者都想要。

但是告訴你是什麼，你可能不會牢牢記在心裡。

我要你記住。

我寧可展現給你看。你看到了，經歷過了，就一輩子不會忘記。那個東西會留在你心裡，為你寫的每一個字提供燃料。

讓我說一個小故事吧，故事的背景就在我們的家鄉，地球上的一個小村莊裡，這是幾千年前老祖先的經歷。

我口中的老祖先並不是打個比方——他是你的祖先，他是我的祖先，是所有人的祖先。

我們這位老祖先，曾是一名十三歲的少年，村裡年紀最小的男人，個頭也最小。

想像你就是那個男孩，有一天，村裡的人聽說有隻猛虎來了，羊群遭殃了。

老虎的傳說

你滿腔憤怒。旱災肆虐許久。村民要是沒有養羊，早就餓死了。

你也嚇到了。只有一個方法能除掉猛虎。村裡得組織追捕行動，找到老虎，殺死牠。但是很難，因為在你的世界裡，再也沒有比猛虎更危險的事物。

村長傳話給全村的人。所有的男人到村裡的廣場集合，帶上你們的長矛。

信使到了你住的小屋，搖搖頭，皺著眉。他覺得你太小了，不該去。

你心裡知道他說的沒錯。你上個月才跨過男孩與男人的界線。你個頭很小，骨瘦如柴，力氣不大。

但就理智來說，你認定他錯了。

如果你們殺不死猛虎，牠會把羊群吃得一隻不剩，全村的人都會餓死。

為了拯救村民，你跟村裡的每一個男人都要齊心協力，除去惡虎。

在內心深處，你知道自己可能回不來了。村裡說故事的婦人常在廣場上講述老虎的傳說，你聽了不知道多少次。你知道，老虎被拿著長矛的人圍住後，牠一定會尋覓裡面最弱的人——然後攻擊那個人。

那個人有可能殺死老虎。

老虎也有可能殺死那個人。

你怕得要命，但你一定要去。

你抓起長矛，朝著廣場跑去。

你跑到廣場，村長對你微微一笑，喊出鼓勵的話。

全村的人都對著你獻上笑臉，大聲鼓勵你。

然後，全村的男人一起出發，獵虎行動開始。

走了一小段路，你們聽到小羊的尖叫聲，老虎把牠拖進叢林了。老虎的吼聲也傳了過來。

村裡的每一個男人都知道該怎麼辦。老虎的傳說早已刻入本能。

你們往兩旁散開，以虎吼聲傳來的地方為中心，圍成一大圈。

村長大喊，下令往前，每個人都前進了十步。

他再喊了一聲，你們再走了十步。

下令，向前，下令，向前，下令，向前。

跟老虎的距離不斷拉近，你覺得胸口愈來愈悶，心臟痛到快受不了了。

村長再度下令，村民再度前進。

你滿臉都是汗珠。

村長下令了，你向前走了十步。

你的膝蓋抖得很厲害，你覺得你要撲倒了。

村長大喊，你前進了十步。

最後，開戰的吼聲從村民的口中爆發出來。

上百隻手指指向黑橘相間的條紋，在高處。

老虎在樹上，黃色的眼睛充滿憤怒，瞪著你們。

牠無路可逃，離你們只有五十步的距離。你可以看到牠環視每一個人，打量牠的敵人。每次聽到老虎的傳說，你想像的景況就是這樣。一模一樣——但是感覺更可怕。

村長下令，你們前進了十步。

虎吼聲震耳欲聾——你感覺到自己的肚子都跟著震動。

牠離你們只有四十步，而且牠正直視著你。

村裡最弱最矮的男人。

正如老虎的傳說。

村子的命運落在你瘦弱的肩膀上。

村長大聲下令，你們向前十步。

老虎嚎叫起來，聲音非常可怕。

牠從樹上一躍而下。

對著你直衝過來。

你好像早就知道牠會衝向你。

時間彷彿停止了。在老虎撲到你之前的那幾秒，你重新經歷老虎傳說主角的思路：

一定要正面對著老虎。如果你轉頭逃跑，你死定了，整個村子也完了。正視老虎，殺死牠，或死在老虎爪下。但是，一定要正面對著牠。等待最後一個有可能殺死老虎的時機，再擲出長矛。殺死牠，即使你也可能死於老虎的攻擊。面對老虎。

你很想逃，但你選擇正面迎擊老虎。你拉開手臂，滿是汗水的掌心抓緊了長矛。

老虎向前一撲，朝著你衝過來，速度愈來愈快，吼聲充滿憤怒。

你的身體只想轉過去，只想逃跑。

你正對著老虎，等待完美的時機。

老虎一躍而起，吼聲如雷。

牠衝到了最高的那一點。

牠落下來了。

正對著你。

你等到最後那個有可能的時機。

你擲出了長矛。

老虎撞上了你，你失去了意識。

在黑暗降臨前，你最後一個念頭是：我經歷過這種事。我以前經歷過上千次了。

＊　＊　＊

等你甦醒後，頭痛欲裂，全身疼痛不已，只能聽到打鼓跳舞饗宴叫喊的聲音。

你已經回到村裡。

現在是深夜了。

村民正在大肆慶祝。

老虎死了。

你救了你們的村落。

全村的人都看到你醒了。

村長叫大家安靜。

村民集合到你身邊。

說故事的婦人講述老虎的傳說。

這次的主角是你。

老虎的傳說從說故事的婦人口中講出來，你覺得你又經歷了一次。村民圍成的大圈圈、穩定的前進、猛虎的暴衝、令人眼前發黑的恐懼、最終的一躍、絕望的投擲、老虎臨死前的狂怒。

沒錯，你又經歷了一次。

但這不是你第二次經歷老虎的傳說。

這是你第一千次經歷老虎的傳說。

你在故事裡已經經歷了無數次。

今天，你體驗了一次，真實的體驗。

現在，你又在故事裡體驗了一次。

獵捕的故事與真正的獵捕之間，只有些許差異。真實生活中的老虎更可怕，但沒有那麼可怕。

老虎的傳說聽了上千次後，你已經準備好參加真正的獵捕。

村裡說故事的婦人說完了老虎的傳說，全體村民放聲大叫。

村長拿出一張虎皮，就是你殺死的猛虎。

他帶著虎皮走到你面前。

他把虎皮披在你肩上。

村裡的人輪流把你舉得高高的，喊出對你的感謝，謝謝你殺死了老虎。

你發覺，這並不是你今天披上的第一張虎皮。

每次聽到老虎的傳說，你就代入傳說的主角。你感覺得到他的恐懼。你跟他面對同一頭猛虎。

你殺死了他的獵物。

今天，當你站在老虎面前，你又再度代入傳說的主角。

對，你殺死了猛虎。

但你不是只靠自己。

老虎傳說的主角也殺死了老虎。

村裡說故事的婦人也殺死了老虎。

老虎的傳說殺死了老虎。

故事的重要性

老祖先的故事，都在訴說他們最怕的東西。為什麼？因為故事會改變你。故事讓你有力量。故事讓你變得勇敢。故事給你希望。故事幫你熬過最黑暗的夜晚。

聽到老虎的傳說，彷彿你就是故事裡的英雄，壓抑自己的懼怕，殺死了猛虎。

故事會打造情緒肌肉記憶。

在真實生活中，老虎迎面而來，你可以利用這些儲備起來的情緒。

部落從故事中學到生存的手段。

故事告訴你部落怎樣才能欣欣向榮。

數千年來，故事一直在發揮這些功效。

每一個活著的人都離不開故事。

每一個活著的人也都想聽故事。

故事並不是奢侈品。

故事不是你說不要就不要的東西。

故事是部落的生命泉源。

故事是什麼？

當你代入另一個人，碰到非常危險的情況時，這就是故事。

不要以為「非常危險的情況」就是碰到老虎。

險境有很多種，故事也有很多種。

在現代小說中，賣得最好的故事是羅曼史。

什麼是羅曼史？裡面的故事訴說經歷險境的情感關係。

有多危險？這段關係可能就這麼結束了。

羅曼史小說會在你心裡構築情緒肌肉記憶，來延續情感關係。

每一種故事都會打造出不同類型的情緒肌肉記憶。

故事讓部落學到生存的方法，從此更加繁盛。

你寫的小說不論是什麼類型，都會讓讀者代入某一個經歷險境的人。

強烈的情緒體驗

碰到險境，其實很好玩。為什麼？可能有某種深刻的神經學因素。

面對險境時，你一定會變得更強大，膽子也會變大。

但是，說老實話，在真實生活中碰到險境，很危險。在獵捕老虎時，犯一個錯，就完了。

在故事裡碰到險境，不會危及你的安全。故事教你怎麼面對自己的恐懼、怎麼堅持下去、怎麼在絕望時不放棄希望。即使你一無所有，也可以靠著故事撐過去。你可以從故事裡學到怎麼活下去。

故事會深入你的神經元，達到上面的境地。故事讓你體驗別人的人生，學會怎麼活下去。你看到那個人看到的東西、你感受到那個人的感覺、你做那個人會做的事。

故事能深入你的神經，因為你從中得到強而有力的情緒體驗。

那種有力的情緒體驗，會在你心裡創造出生存和繁榮所需的情緒肌肉記憶。獵捕行動如火如荼時，猛虎對著你衝過來，你會把別人告知的事情忘得一乾二淨。

但你不會忘記你已經體驗過的東西。

故事就像沾了巧克力的青花椰。美味的不得了，而且對你非常有益。

所以，你離不開故事。

所以，你的讀者離不開故事。

所以，身為小說作者，主要的目標就是給讀者他們最想要的東西。

就是故事。

本書內容

「進階小說寫作」（Advanced Fiction Writing）的系列叢書都在教人寫故事，你寫出的故事會帶給讀者強而有力的情緒體驗。

這本書會教給你一種很重要的工具——寫出勁爆的場景。故事裡的每個場景都要能牽動讀者的情緒。每一個場景都要能做到，你不能掉以輕心。

但在我們開始集中討論場景前，必須要問一個非常重要的問題。故事為什麼能營造出強烈的情緒體驗？到底要怎麼樣才能做到？

答案很簡單。故事有二個基本要素。就兩個而已。

請翻到下一頁，來了解故事的要素。

第二章　故事是碰到嚴峻考驗的角色

故事怎麼打造出有力的情緒體驗？

讓角色陷入嚴苛的考驗。

角色是讀者有共鳴的某個人。故事一開始，讀者就會代入角色。在故事裡，讀者會覺得她就是那個角色。

讀者會看到角色眼前所見之物。

讀者會聽到角色耳中的聲音。

讀者會感覺到角色的感受。

如果把角色生活中的細節全部展現出來，可能滿無聊的。

但故事不無聊，因為故事只會展現角色碰到嚴峻的考驗。嚴峻考驗絕對不無聊，只會讓人覺得很可怕。

碰到嚴峻考驗的角色一定會百感交集。

讀者則會跟你的角色一起感受這些情緒。

這些情緒把角色的體驗牢牢鎖進讀者的神經元。

因此，故事就兩個要素，「角色」跟「嚴峻考驗」。

沒有角色，就沒有故事。

沒有嚴峻的考驗，也就沒有故事。

角色是什麼？

角色是一個人，非常想要某個東西，她想要的東西有三個可能：

- 擁有某個東西。
- 變成某個東西。
- 達成某個東西。

「某個東西」就是她的故事目標，在小說進展時，角色會愈來愈了解她想要什麼，付出愈來愈多的努力去追尋。本書會帶大家看三個來自知名小說的例子，多年來我常常在教學時舉這幾個例子，覺得很有幫助。在本書中，我們會逐步深入這三個範例。

開始吧，先來看看每個範例中的角色。

範例一

蘇珊・柯林斯（Suzanne Collins）所著《飢餓遊戲》（*The Hunger Games*）中的凱妮絲・艾佛丁（Katniss Everdeen）

十六歲的凱妮絲住在未來反烏托邦的北美洲，富裕的都城控制偏遠地區，他們無法脫離貧窮。凱妮絲跟家人想吃口飽飯也難，她唯一的心願就是活下去。凱妮絲的妹妹被抽中，要加入飢餓遊戲，而凱妮絲自願取代妹妹的位置。她會跟其他二十三名青少年進入競技場。他們要鬥個你死我活，最後一個沒倒下去的人才有生存的權利。凱妮絲一心想贏。

範例二

黛安娜・蓋伯頓（Diana Gabaldon）所著《異鄉人》（*Outlander*）中的克萊兒・藍鐸（Claire Randall）

克萊兒・藍鐸是一名年輕的護理師，時值一九四六年的英國。戰爭剛剛結束，她與丈夫到蘇格蘭度假，重新熟悉彼此。她無意間走過古代巨石陣中的時空門戶，穿越到一七四三年，回不來了，個性多疑的蘇格蘭領主把她抓起來，想知道她的身分，還有她從哪裡來。克萊兒當然不能說自己是時空旅人。她只想重回巨石陣，返回一九四六年。

範例三

馬里奧・普佐（Mario Puzo）所著《教父》（*The Godfather*）中的麥可・柯里昂（Michael Corleone）

背景是一九四五年，麥可・柯里昂是黑手黨教父維多・柯里昂（Don Vito Corleone）的小兒子。幾年前，麥可不顧父親的反對，自願加入海軍陸戰隊，奮勇作戰，最後因傷退伍。現在麥可進了大學，他想讀完書，跟女友凱伊（Kay）結婚，找份正當的工作。他的頭號願望就是脫離他從小生長的犯罪家族。

什麼是嚴峻考驗？

嚴峻考驗是角色得不到想要事物的原因。嚴峻考驗是故事裡的世界、故事裡其他的角色，及角色的內心世界。

讀者會跟角色產生共鳴，因為讀者也有想要卻得不到的東西。讀者想要的東西或許跟角色想要的不一樣，但讀者明白渴望一個得不到的東西是什麼感覺。

讀者有自己的嚴峻考驗，讀到角色的經歷，會覺得自己的人生似乎沒那麼難過。

你的角色快樂不起來，因為她的嚴峻考驗讓她得不到想要的東西、不能成為自己想要的樣子，或做想做的事。嚴峻考驗讓你的角色悲慘無比，也讓你的故事變得好看。

現在來看看每個例子裡的嚴峻考驗。

範例一

《飢餓遊戲》裡的嚴峻考驗

凱妮絲只想活下去。她碰到什麼障礙？競技場裡還有二十二名青少年為了活下去，會想盡辦法殺死她。有幾個人從生下來就開始受訓，要在飢餓遊戲中戰鬥，希望贏得名聲、財富和榮耀。這些「專業貢品」力氣大、速度快、招招致命。競技場裡放滿了武器，到處都有攝影機，嗜血的群眾可以坐在電視機前欣賞遊戲。遊戲製造者可以控制整個環境，強迫青少年聚在一起，不得不開始戰鬥。

但是，有一個人不想要凱妮絲的命。比德．梅爾拉克（Peeta Mellark）跟凱妮絲來自同一個行政區，五歲就愛上了她。比德不想殺掉凱妮絲，他想殺了她的敵人，好讓她活下來。但凱妮絲不相信會有人這麼笨，她認為比德才是她的首要敵人。在其他貢品把她碎屍萬段前，凱妮絲能不能化解心中的憤世嫉俗，轉而信任比德？

範例二

《異鄉人》裡的嚴峻考驗

克萊兒．藍鐸只想回到自己的年代。她碰到什麼障礙？第一，當地的領主科勒姆．麥肯齊（Colum MacKenzie）把她關起來，以為她可能是英國間諜或法國間諜，也有可能更糟糕。這名英國女性被他抓到的時候，在附近鬼鬼祟祟的，又說不出什麼好理由，想必就是要做壞事。但是跟科勒姆比起來，克萊兒還有更可怕的敵人。在附近的威廉堡（Fort William），住著令人討厭的英國陸軍上校喬納森．藍鐸（Jonathan Randall），外號黑傑克（Black Jack），碰巧是克萊兒丈夫法蘭克（Frank）的遠祖。傑克．藍鐸是個兇惡的虐待狂，他有他痛恨克萊兒的理由。

克萊兒有個真正的朋友——年輕的蘇格蘭反叛分子傑米．弗雷澤（Jamie Fraser）。傑米高大帥氣，體格強壯，愛上了克萊兒。來到一七四三年後，過了六個星期，克萊兒被迫嫁給傑米。沒過多久，克萊兒發現自己也愛上了傑米，兩人彼此相愛。克萊兒和傑米靈魂之間的連結超脫凡俗，跟法蘭克在一起就沒有這種感覺。但她實際上已經跟法蘭克結婚了，她不能忽視這一點。克萊兒能找到方法回到時空門戶，回到法蘭克身邊嗎？更重要的是，她能放下傑米嗎？

範例三

《教父》裡的嚴峻考驗

麥可．柯里昂只想過著正派誠實的人生。他碰到什麼障礙？他的父親維多．柯里昂最近拒絕了「土耳其人」維吉爾．索拉索（Virgil "Turk" Sollozzo）提議的交易，據說油水相當豐厚。索拉索專門走私海洛因，給他撐腰的是紐約黑幫中的敵對家族。索拉索命人暗殺維多．柯里昂，差點成功了。奄奄一息的維多無法做出決策，片體鱗傷的柯里昂家族與索拉索和塔塔奇利亞（Tattaglia）家族全面開戰。柯里昂家族的勝算不大。

麥可上有兩個哥哥，兩人的領導力都不強。柯里昂家族有不少士卒，但如果他們想保命，就必須做掉索拉索。麥可願意殺了索拉索——但他會就此墮入他痛恨的犯罪世界。現在他得逃命，因為殺索拉索的同時，他也殺了紐約市警察局的警長。麥可這一生有望重回平靜安全的生活嗎？他的女朋友凱伊來自一個正派、誠實、努力的家庭，也是麥可夢想中的家庭，凱伊又會碰到什麼事呢？麥可會接下他最不願意接受的那個角色，成為新一代的教父嗎？

故事如何創造出強而有力的情緒體驗？

你的故事訴說角色做了什麼來突破嚴峻考驗。你的角色要奮鬥、爭鬥、搏鬥。不一定是肢體的打鬥，大多是情感或理智的鬥爭。角色可能會一再敗陣，但最後一場戰役最重要。結局有三種可能：

- 如果你的角色最後取得勝利，這種情緒體驗很有力量——快樂結局。
- 如果嚴峻的考驗打敗了角色，那是另一種很有力量的情緒體驗——悲傷結局。
- 如果角色跟嚴峻考驗各贏一半，那是第三種有力的情緒體驗——悲喜交加的結局。

就故事的整體來說，有這三種主要的選項。這就是你為主要故事提供強烈情感體驗的方法。

但是，光在故事的結局提供強烈的情感體驗是不夠的。故事有可能很長，讀者想看你的書，不光是為了結局那一個強大的情緒體驗。

讀者想看到一連串有力的情緒體驗，一個完了又一個，一而再，再而三。

你的工作就是提供這些強力的情緒體驗，愈多愈好。

你可以把故事拆分成一長串的場景，就能做到。還有，故事裡每一個場景都是「能不負所望的勁爆場景」。

有個很簡單的祕訣，保證每個場景都能轟出有力一擊。

下一章我就會告訴大家這個祕訣是什麼。

第三章　每個場景都是一個微型故事

前面說過，你要在每個場景裡都讓讀者有強烈的情緒體驗。

要怎麼做？祕訣是什麼？

祕訣很簡單，你必須確定——**每個場景都是一個微型故事**。

再重複一次我們現在的重點。我們已經知道故事是由一長串場景組成。重點是每個場景本身就是一個微型故事，有開頭、中段和結尾，傳達強烈的情緒體驗。

場景就是故事裡的故事。

這就是祕訣，確保每個場景都能帶給讀者強烈的情緒體驗。

邏輯很簡單。每個場景都是一個微型故事。每個故事都帶來有力的情緒體驗。那麼，每個場景都會給人深刻的情緒體驗。

你可能覺得一聽就懂，但是去參加評論團體，看看作者帶給眾人的場景，你會很詫異，很多場景本身不算是故事。或許提供了一些故事背景，或許發展了書中的一個角色，或許只是隨意漫談，跟故事完全沾不上邊的情況很常見。

如果一個場景本身不能構成故事，那就寫壞了。

把這句話牢記在心，你會看到你的寫作品質立即躍進。

每個場景都是一個微型故事。

沒有例外。

每個場景都需要碰到嚴峻考驗的角色

如果每個場景都是一個微型故事，每個故事都有面臨嚴峻考驗的角色，那麼每個場景都需要陷入微型嚴峻考驗的角色。

說得更明確一點，你有進行中的主要故事，主角碰到了主要的嚴峻考驗。

但主要的故事包含很多個場景，每個場景都是微型故事。因此，每個場景都會讓一個角色碰到微型的場景嚴峻考驗，場景結束的時候，考驗也要結束。那個場景嚴峻考驗跟主要的故事嚴峻考驗比較起來，規模沒那麼大，要求也沒那麼高。故事嚴峻考驗會貫穿整個主要的故事，場景嚴峻考驗只延續到場景的結尾。

對你寫好的每一個場景，或編輯過的場景，立刻問你自己：

• 這個場景的角色是誰？
• 這個場景的嚴峻考驗是什麼？

這兩個問題非常經典。

接下來，我們會研究更多細節。現在，來看看前一章的範例故事中的範例場景。

範例一 《飢餓遊戲》中的場景

遊戲開始前，凱妮絲跟其他貢品花了幾天的時間受訓。現在，每個貢品都要獨自在遊戲製造者面前炫示自己的特殊技能。遊戲製造者會給每個貢品評分，有了分數，貢品就有可能在遊戲中找到贊助人。凱妮絲一心想要表現自己，也很高興找到了弓箭。她有好幾年狩獵捕食的經驗，所以射箭是她的超能力。但她找到的弓跟在家裡的不一樣，頭幾箭都射空了。等她摸熟了新的配備，遊戲製造者已經轉移了注意力，圍在放了一隻巨大烤豬的餐台旁邊。凱妮絲氣壞了。她個子小，不怎麼強壯，也不怎麼敏捷，但想展現自己這項驚人技能的時候，他們卻懶得看？氣到失去理智的凱妮絲把箭扣上弓弦，拉滿了正對著遊戲製造者射過去。遊戲製造者尖叫著四處逃跑，等他們爬起來喘氣的時候，他們看到凱妮絲的箭穿過了豬嘴裡的蘋果。

在這個場景裡，角色是凱妮絲。

她的嚴峻考驗分成幾個部分：

- 凱妮絲只有幾分鐘給遊戲製造者留下好印象，或許能幫自己製造一點優勢。
- 她不熟悉新配備，錯失頭一次留下印象的機會。
- 等她搞清楚該怎麼辦的時候，遊戲製造者似乎漠不關心。

範例二

《異鄉人》裡的場景

克萊兒．藍鐸只是跨過了巨石陣裡的幾塊石頭，就經歷了她摸不著頭緒的事情。她迷失了方向，信步走下山丘，到了下方的平地。她看到六、七名蘇格蘭人跟穿著紅外套的士兵似乎在打仗。她以為自己不小心走進了電影裡，便退回樹林中，那兒有個跟她丈夫長得一模一樣的男人抓住了她。可是，他不是她的丈夫。他說他是喬納森．藍鐸上校，命她報上自己的身分。她想逃跑，但那個男人速度很快，又非常強壯。他好像以為她是妓女，因為她穿的衣服不太得體。真奇怪，她明明就穿著正常的服飾。藍鐸上校嚴詞拷問她，但她無法清楚解釋自己是誰，在這裡做什麼，她也跑不掉。克萊兒怕死了。他會不會殺了她，還是強姦她？一名瘦小的蘇格蘭人救了她，他打暈了藍鐸上校，把她拖進灌木叢裡，拉著她趴下。她咬了他的手，然後有個東西打中了她的頭，她暈了過去。

在這個場景裡，角色是克萊兒。她的嚴峻考驗分成幾個部分：

- 她在一七四三年，可是她不知道。
- 她馬上就被邪惡的藍鐸上校抓到了，他跟當地幾個蘇格蘭反叛分子發生衝突。
- 她穿著質料輕薄的現代服飾，按一七四三年的標準來看是蕩婦的打扮。
- 她說不清楚自己為什麼在這個地方，藍鐸上校懷疑她是間諜。

範例三

《教父》裡的場景

麥可·柯里昂的父親維多幾天前中了槍，麥可的人生天翻地覆。家族處於高度戒備的狀態，討論復仇的計畫。他們也很擔心敵人索拉索下一步會怎麼走。他們把麥可當成局外人，戰場上的平民。他就是個平民。

麥可的父親打了鎮定劑，住在戒備森嚴的醫院病房裡。兩名武裝警探就在病房門外。教父的病房裡、醫院大廳跟外面的街道上派駐了幾十名家族的士卒。到了深夜，探病時間結束了，麥可搭計程車到醫院探視父親。他十分錯愕，發現街上、大廳裡、教父的病房內外都看不到家族的士卒，警探也不見人影。教父一點防備也沒有。

麥可聽護士說，幾分鐘前，所有人都被要求離開。他馬上明白，另一次暗殺要開始了，可能就是接下來的幾分鐘。麥可打電話給哥哥，要他們盡快派救兵過來。他說服護士，把父親搬到另一間病房。他叫父親不管聽到什麼都不要出聲。然後麥可走下樓，到了街上，盡一切努力防止殺手找到他的父親。麥可獨自一人，沒有武器，但至少另一方知道他是平民。他能不能以智取勝，拖延到家族的士卒過來？

在這個場景裡，角色是麥可。他的嚴峻考驗如下：

- 父親身受重傷，打了鎮定劑，不能搬動。
- 家族的保鑣都被警察趕走了。
- 警探也被叫走了。
- 殺手幾分鐘內會發動另一場暗殺，沒時間等援兵到來。

破除場景嚴峻考驗

故事裡每個場景都在訴說你的一個角色做了什麼，從場景嚴峻考驗中突圍而出。等角色破除了考驗，場景嚴峻考驗結束，場景也來到尾聲。

然後就到下一個場景，開始新的場景嚴峻考驗。

新的嚴峻考驗有些地方或許跟舊的一樣。但舊的嚴峻考驗至少有一小塊被瓦解了。新的嚴峻考驗至少會有一個不一樣的地方。

再回到我們的範例，來看看每一個角色如何破除他們的場景嚴峻考驗。

範例一 凱妮絲如何破除她的場景嚴峻考驗

凱妮絲的場景嚴峻考驗是在遊戲製造者面前單獨表現十五分鐘，而她遭到陷害，留下糟糕的印象。她對著一群遊戲製造者射了一箭，破除她的場景嚴峻考驗。她再也不需要打動遊戲製造者了。他們不可能忘了她！她絕佳的表現帶來的結果則是下一個場景嚴峻考驗。

範例二 克萊兒如何破除她的場景嚴峻考驗

克萊兒的場景嚴峻考驗是被藍鐸上校抓到。一名神祕、精瘦的蘇格蘭人帶她排除了她的場景嚴峻考驗。他們一起逃離了邪惡的上校。下一個場景嚴峻考驗則是這名蘇格蘭人和族人把克萊兒關了起來，他們跟藍鐸上校一樣不肯信任克萊兒。

範例三 麥可如何破除他的場景嚴峻考驗

麥可的場景嚴峻考驗是殺手快到了，他們知道他的父親在哪裡。麥可把父親藏到另一間病房，叫哥哥派人手過來，破除這次場景嚴峻考驗。麥可的下一個場景嚴峻考驗則在外面的街道上。他沒有武器，獨自一人等著殺手到來，必須拖延至少十五分鐘之久。

＊＊＊

因此，到了場景的結尾，你要破除場景嚴峻考驗，而且不會再度使用。你準備要移到下一個場景嚴峻考驗。

角色呢？需不需要新的角色？

看你怎麼選。在下一個場景裡，你可以用同樣的角色。或者你可以讓另一個角色上場。故事裡通常有少數幾個角色夠重要，可以擔任場景嚴峻考驗中的主角。有些小說只有一個這樣的角色，有些則有好幾個。

在接下來的章節中，我們會集中火力討論角色或場景嚴峻考驗的細節。先從角色開始好了，因為比較簡單。

開始撰寫場景前，你需要做三個關於角色的重要決定。下一章會告訴你這三個決定是什麼。

第四章　每個場景都需要 POV 角色

場景裡的情緒絕對不會平平淡淡。

假設你要寫搶銀行的場景。應該會很精采，讓讀者體驗到扣人心弦的強烈情緒。

問題來了，是誰的情緒體驗呢？

讀者當然會同享這種強烈的情緒體驗。但跟誰共享？要有這種強力的情緒體驗，讀者需要代入某個角色。

你會讓讀者感覺自己是搶匪嗎？為了讓罹癌瀕死的母親接受手術，他急需一大筆錢。

你會希望讀者代入年邁的警衛嗎？他再過三天就要退休，夢想著在海灘悠閒漫步，遠離無窮的競爭。

你想讓讀者代入變成人質的青少年嗎？她來銀行開戶，卻被人在頭上綁了一顆炸彈。

讀者想代入哪個角色？

關於場景的第一個決定，是選定要讓讀者認同的角色。我們可以稱這個角色是「場景角色」（Scene Character），凸顯她是這個特定場景嚴峻考驗裡的角色。但是，目前已經有其他流行的說法，場景裡的主要角色通常叫作「觀點角色」（Viewpoint Character）或「POV 角色」（Point-of-view Character）。為求一致，本書會使用「POV 角色」。

你的 POV 角色會為讀者提供情緒指標。

讀者感受到的情緒取決於「誰是你的 POV 角色」。

故事裡會有很多角色，一般至少五、六個，通常會有更多。

在你正在撰寫的場景裡，你如何選擇哪一個角色應該成為你的 POV 角色？

這個問題可不好答。

你可能在整個故事裡只用一個 POV 角色。如此一來，就不需要做決定。等你選定了唯一的一個 POV 角色，就用到每個場景裡。

但常見的情況是故事裡有多個 POV 角色，那麼，你就要做選擇。

一個好的經驗法則，則是問自己：哪一個角色，在每個場景裡，可能面臨最嚴重的損失。

場景裡損失最嚴重的角色或許將碰到最有力的情緒體驗。那個角色很有可能成為很棒的 POV 角色。別忘了，在每個場景裡，你都會把 POV 角色的情緒體驗帶給讀者。

回頭想想第一章裡老虎的傳說。

村長可以擔任 POV 角色。

或村裡說故事的婦人。

或那位年輕打虎英雄的母親或父親。

這三者來擔任 POV 角色應該很有意思。

但他們都沒有可能成為老虎獵殺的對象。

被老虎跳出來攻擊的角色損失應該最嚴重。

這就是為什麼他成為 POV 角色。

好，這就是你的第一個選擇——誰是你的 POV 角色？

做好決定後，要做下一個重大決定。

你想要以身歷其境的方式來說故事，就像在讀者的大腦裡放一部電影。意味著你得決定……

攝影機要放在哪裡？

拍電影的時候，要怎麼呈現動作的每個環節，有很多選擇。下面舉幾個例子：

- 你可以把攝影機放在角色的肩膀上，面對整個世界，展現角色看到的東西。
- 你可以把攝影機放在角色前面，鏡頭對著角色，讓他成為畫面焦點。
- 你可以把攝影機放遠一點，拍進所有的角色，不會特別以某個人為中心。
- 還有很多其他的選擇。

但你要做的事比拍電影還複雜。電影只顯示影像和播放聲音。你的故事除了顯示影像跟播放聲音，還要講述 POV 角色內在的思緒和感受。

要做完這些事，有六個基本策略。每個策略都叫作一個「觀點」。我會一個一個討論，然後給一個範例。

⊙策略一：第一人稱觀點

在第一人稱觀點（First-Person Viewpoint）中，你敘述故事的方式彷彿 POV 角色是作者。你用「我」這個代名詞。你只給讀者看 POV 角色能看到、聽到、嘗到、碰到、聞到或感覺到的事物。你不需要透露 POV 角色不知道的事情。

我們把老虎的傳說改成第一人稱，舉個例子：

老虎向前一撲，朝著我衝過來，速度愈來愈快，吼聲充滿憤怒。

我的身體只想轉過去，只想逃跑。

我正對著老虎，等待完美的時機。

老虎一躍而起，吼聲如雷。

牠衝到了最高的那一點。

牠落下來了。

正對著我。

我等到最後那個有可能的時機。

> 我擲出了長矛。
>
> 老虎撞上了我，我失去了意識。
>
> 在黑暗降臨前，我最後一個念頭是：我碰過這種事。我以前碰過上千次了。

看仔細了，在第一人稱的觀點中，你把讀者放進 POV 角色的腦袋裡，但不會進入別人的腦袋。讀者完全知道 POV 角色在想什麼，有什麼感覺。

但讀者只能根據 POV 角色眼中的老虎、村長或其他角色來猜測老虎、村長或其他角色在想什麼。

讀者在 POV 角色的「裡面」，在所有其他角色的「外面」。

⊙策略二：第二人稱觀點

在第二人稱的觀點（Second-Person Viewpoint）中，你講述故事的方式彷彿 POV 角色是讀者。你用「你」這個代名詞。同樣地，你只展現 POV 角色知道的事情。我們現在把第二人稱套到同一個例子：

老虎向前一撲，朝著你衝過來，速度愈來愈快，吼聲充滿憤怒。

你的身體只想轉過去，只想逃跑。

你正對著老虎，等待完美的時機。

老虎一躍而起，吼聲如雷。

牠衝到了最高的那一點。

牠落下來了。

正對著你。

你等到最後那個有可能的時機。

你擲出了長矛。

老虎撞上了你，你失去了意識。

在黑暗降臨前，你最後一個念頭是：我碰過這種事。我以前碰過上千次了。

注意第二人稱和第一人稱之間其實就一個差別，代名詞不一樣。在這兩個版本裡，讀者都在 POV 角色的「裡面」，在所有其他角色的「外面」。

策略三：第三人稱觀點

在第三人稱觀點（Third-Person Viewpoint）中，你敘述故事的方式彷彿 POV 角色不是讀者也不是作者，而是背景可以交代得一清二楚的第三方。同樣地，你只會展現 POV 角色知道的事情。

但在這個觀點中，不能用代名詞「我」或「你」。以第三人稱出發時，你必須幫 POV 角色取個名字（這就是為什麼我用第三人稱寫老虎的傳說——因為我不知道那個村子裡的人用什麼樣的名字）。

再回到老虎的傳說，這一次用第三人稱。要用這個觀點，我就得取名字了，那我們的主角就叫阿勇（Yung）吧。

> 老虎向前一撲，朝著阿勇衝過來，速度愈來愈快，吼聲充滿憤怒。
>
> 阿勇的身體只想轉過去，只想逃跑。
>
> 他正對著老虎，等待完美的時機。
>
> 老虎一躍而起，吼聲如雷。
>
> 牠衝到了最高的那一點。

牠落下來了。

正對著阿勇。

阿勇等到最後那個有可能的時機。

他擲出了長矛。

老虎撞上了阿勇，他失去了意識。

在黑暗降臨前，阿勇最後一個念頭是：我碰過這種事。我以前碰過上千次了。

看清楚了，在第三人稱的觀點裡，我們通常會交替使用POV角色的名字和代名詞。怎麼用沒有固定的規則。你會希望你的文字夠清楚，不要讓讀者感到重複。

跟第一人稱和第二人稱一樣，讀者在POV角色的「裡面」，在所有其他角色的「外面」。

⊙策略四：第三人稱客觀觀點

第三人稱客觀觀點（Third-Person Objective Viewpoint）很像一般的第三人稱觀點，但有兩個很重要的差異。

- 在第三人稱客觀觀點中，你從外面看到 POV 角色，而不是從裡面。所以你會看到他看不到的東西，例如吊在他頭上晃來晃去的蜘蛛。
- 在第三人稱客觀觀點中，你不會告訴讀者 POV 角色在想什麼，或有什麼感覺。

就像你拿攝影機對著 POV 角色，期待讀者能從他的言詞、動作和面部表情來推論出他的想法和感覺。

第三人稱客觀觀點很難，身為作者，你得表現得像一個演員。在電影裡，演員必須用面孔、聲音和動作來展現他的思緒和感受（除非導演決定用旁白來講述角色的想法，不過這個手法在電影裡並不常見）。

我們再來修改老虎的傳說吧，從外面來展露主角的想法跟感受。

老虎向前一撲，朝著阿勇衝過來，速度愈來愈快，吼聲充滿憤怒。

阿勇扭動了身體，彷彿想轉身逃跑，但他沒有逃。

他正對著老虎，等待完美的時機。

老虎一躍而起，吼聲如雷。

牠衝到了最高的那一點。

牠落下來了。

正對著阿勇。

阿勇等到最後那個有可能的時機。

他擲出了長矛。

老虎撞上了阿勇，他失去了意識。

仔細看看必須改動的地方。在第二句裡面，我們不能輕易說出阿勇想要什麼。我們在阿勇外面，所以我們必須展現他的身體開始扭動，想要逃跑，但他按捺住那個動作。這麼寫要多花一點時間。

在最後一段，我們不知道阿勇在想什麼，因為我們不在他的腦袋瓜裡。所以我們得拿掉內心獨白的句子。不在阿勇的腦袋裡，就沒辦法陳述他的思緒。因此，用這個觀點的話，我們就少了點東西。

在第三人稱客觀觀點中，讀者在所有的角色「外面」，也在 POV 角色的「外面」。

⊙策略五：大腦串遊觀點

大腦串遊觀點（Head-Hopping Viewpoint）略有爭議。很多作者跟編輯認為這種觀點站不住腳。但有些人覺得不光過得去，甚至可以說相當不錯。我個人不喜歡，但我不想在這裡下定論，因為有些人依然樂意採用。

那麼，什麼是大腦串遊？基本上是一種第三人稱的變形，在單一場景裡，你從某個 POV 角色轉到另一個 POV 角色。

不喜歡大腦串遊的人認為，你在同一個場景裡讓讀者代入好幾個 POV 角色。因此，大腦串遊不好，因為讀者不知道該支持哪一個角色。

喜歡大腦串遊的人則說，如果你想捕捉場景中所有的情緒，就需要能探索多個角色的腦袋。這倒是沒錯，尤其是羅曼史小說的場景，情感關係本身是場景中的主角。你可以主張，讀者支援的是情感關係，而情感關係裡有兩個人，所以在一個場景裡進入兩個人的腦袋就很合理。

我不會告訴你怎麼做，這個問題就由你自己決定怎麼處理。

再拿老虎的傳說來舉例。我會在中間串遊大腦，從阿勇的腦袋跳到老村長的腦袋，就叫他奧德（Auld）吧。由於他之前未出現在這個片段裡，我會略做改動，他才能上場。

老虎向前一撲，朝著阿勇衝過來，速度愈來愈快，吼聲充滿憤怒。

阿勇的身體只想轉過去，只想逃跑。

他正對著老虎，等待完美的時機。

老虎一躍而起，吼聲如雷。

牠衝到了最高的那一點。

牠落下來了。

正對著阿勇。

阿勇等到最後那個有可能的時機。

他擲出了長矛。

老虎撞上了阿勇，把他撲倒在地。

長矛穿過老虎的背部，差一點就貫穿了心臟。瀕死的巨獸痛苦扭動翻騰，不斷嘶吼。

奧德大步衝向老虎，那段路感覺走也走不完。他把他的長矛射進了老虎的心臟。

老虎倒在阿勇身上。

奧德用力拉開死去的老虎，想趕快知道阿勇怎麼了。他是不是慢了一步？他再快一點是不是就沒事了？

他把老虎從男孩身上拖開時，心裡只有一個念頭：我碰過這種事。我以前碰過上千次了。

這一段從阿勇的大腦開始，我們一直待到阿勇擲出長矛的那一刻。然後我們離開他的頭腦，拉開攝影機，呈現他被撲倒在地的模樣（而不是說他失去了意識，因為我們不在他的大腦裡，不知道他怎麼了）。在極短暫的一刻，我們採用第三人稱客觀觀點，不在任何人的腦袋裡。然後奧德出現了，在我們眼前奔跑跟投擲長矛。接著我們滑進他的腦袋，知道他在想什麼。我們串遊了兩個頭腦。

在大腦串遊觀點中，讀者在 POV 角色「裡面」，在所有其他角色「外面」；然後讀者移到所有角色的「外面」；接著讀者移到新的 POV 角色「裡面」，同時在所有其他角色「外面」。有點像在一個場景裡放了兩個迷你場景。當然，在一個場景裡你可以轉換好幾次。不過要小心，串遊的頭腦愈多，讀者愈有可能被拽得七葷八素。

⊙策略六：全知觀點

現在很少人用全知觀點（Omniscient Viewpoint）了，不過在十九世紀的時候很常見。在全知觀點中，你讓讀者從上帝的視角看故事。可以說 POV 角色就是上帝。不過，故事的主宰當然是作者。你也可以說在全知觀點裡，POV 角色就是作者。

在全知觀點中，讀者可以知道每個角色心裡想什麼，有什麼感覺。事實上，讀者可以知道角色不知道的事情。讀者能通曉村莊悠久的歷史、村子目前的時代精神（zeitgeist）、村子整體的未來。沒有一個角色知道所有的事情，但讀者可以。

全知觀點很難達成，但也不是做不到。

老虎的傳說本來貼近一個 POV 角色寫成。為了把我們的片段以全知的形式重塑，我們需要把攝影機拉遠，讓更多角色上場。我們會留著阿勇跟奧德，也會加入其他村民，更要看看老虎腦袋裡的東西。

你可以自行決定這個方法適不適合說故事。

> 老虎向前一撲，朝著阿勇衝過來，速度愈來愈快，吼聲充滿憤怒。牠知道人類很弱，這個矮小的男人更是弱中之弱。殺他應該不費吹灰之力。
>
> 就像之前獵過老虎的無數男人一樣，阿勇覺得他只想轉身逃跑。
>
> 也像之前獵過老虎的無數男人一樣，他正對著老虎，等待完美的時機。

阿勇模糊感覺到十多個人舉著長矛衝向他。他不知道沒有一個人來得及幫上忙。夠靠近他的人只有奧德，老虎的吼聲震懾住他的身體，他動也不動。男孩是死是活，只能靠他自己了。

太遲了，村民大吼，「奧德！」

奧德一驚，反手舉高了長矛，拔腿就跑。

老虎一躍而起，吼聲如雷。

牠衝到了最高的那一點。

牠張大血口，準備咬住男孩的脖子，殺死他。

阿勇心跳加速，等待最有可能的時機。

他等著。

他擲出了長矛。

長矛刺進老虎的胸膛，差一點點就貫穿了心臟。老虎受了重傷，但還沒死。出乎意料之外的疼痛讓老虎看不清自己的獵物，咬空的下顎啪一聲闔上。劇痛讓老虎視線模糊，扭動翻騰，不斷嘶吼，重達五百磅的原始憤怒壓住了男孩。

奧德大步衝向老虎，把長矛射進了老虎的心臟，就晚了半秒鐘。

老虎倒下來，死了，壓住了阿勇。

村民緊張地屏住呼吸，男孩死了嗎？還活著？

奧德用力拉開老虎的屍體，他不知道阿勇怎麼了，但這跟他村長的身分息息相關。不到一個月的時間，會有新人出來，比他年輕、強壯、大膽。奧德會被送走等死。不過在這一刻，他只想到他辜負了男孩，他怎麼有臉面對男孩的父母？

老虎的傳說重演了無數次，但只能有兩個結局。

主角活下來。

或死於虎吻。

在全知觀點中，讀者在所有角色的「外面」，但每個角色都完全透明。讀者能知道每個角色的思路和感受，但讀者也知道角色無法知道的事。

因此，全知觀點不僅是更上一層的大腦串遊，程度還要更複雜。

我沒有用過全知觀點，不過我猜應該比想像中更難。

使用全知語氣也一樣困難。

每個場景都有三個問題要決定，我們現在講完了兩個。你選好了 POV 角色，選好了觀點，再來看最後一個問題。

場景發生的時間

在寫作時，你有三個定位故事時間的選擇，相當簡單：

- 過去式
- 現在式
- 未來式

⊙過去式

在過去式裡，你說故事的方式彷彿故事已經發生了。這是最常見的小說寫法。下面是第三人稱的例子：

阿勇等到了最後那個有可能的時機。

他擲出了長矛。

老虎撞上了阿勇，他失去了意識。

Yung waited till the last possible moment.

He threw.

The tiger crashed into Yung, knocking him flat.

⊙現在式

用現在式的話，你說的故事彷彿就在這一刻發生。這個時態似乎比以前更常見。我們再舉一個第三人稱的例子：

阿勇等到最後那個有可能的時機。
他擲出長矛。
老虎撞上阿勇，他失去了意識。

⊙未來式

如果用未來式，你說故事的時候彷彿某件事注定未來會發生。這很少見，因為讀者會感覺未來已經安排好了，儘管我們一向覺得自己有選擇。但你可以想像，村裡說故事的婦人告訴阿勇如果要面對老虎的話該怎麼辦，比方說：

當老虎跳起來的時候，你會很渴望投擲長矛，但是你會等待。

Yung waits till the last possible moment.
He throws.
The tiger crashes into Yung, knocking him flat.

當老虎躍到最高點的時候，你將會以為來不及了，但是你還是要等。

老虎快撲到你身上的時候，牠的身影遮住了陽光，你確定你活不成了，但你仍將等待。

你將一直等下去，等到最後那一刻。

當你十分確信你不會失手，那才是你將擲出長矛的時候。

你將用全身的力氣投擲，直線對著老虎的心臟。

老虎將會壓到你身上，你從來沒聽過這麼恐怖的叫聲。

你有可能活下來，有可能死掉，就看上天的決定。但你將會殺了老虎。

你將拯救我們的村莊。

你將永遠活在老虎的傳說裡。

關於角色，還有什麼要補充？

這一章討論了每個場景都要做的三個重大決定：

- 你的 POV 角色是誰？

When the tiger begins his leap, you will long to throw your spear, but you will wait.
When the tiger reaches the peak of his flight, you will think it is too late, but still you will wait.
When the tiger is almost on you, when his shadow blots out the sun, when you are sure you cannot live, still you will wait.
You will wait and wait and wait until the last moment.
When you know that you know that you know that you cannot miss, that is when you will throw.
You will throw with all your power, a straight line through the tiger's heart.
The tiger will crash down on you with a scream more terrible than you ever heard.
Then you will live or you will die, as the gods decide. But you will kill the tiger.
You will save the village.
You will live forever in the Tale of the Tiger.

- POV 角色的觀點是什麼？
- 你要用什麼時態來呈現那個觀點？

你可能在想，角色不只這樣吧。動機呢？個人價值呢？背景故事呢？這些都很重要，也應該用一整本書來討論，或者不只一本書。我的著作《小說家之路：啟發無數懷抱寫小說夢想的人，「雪花分形寫作法」的十個步驟帶你「寫完」一本好小說》討論了幾項議題。我也計畫要在「進階小說寫作」後續的書籍中涵蓋其中幾個。

但在這本書裡，我們會把全副注意力放在一個中心問題上：

「如何安排場景的結構，給讀者強而有力的情緒體驗？」

我們知道答案是讓 POV 角色面對場景嚴峻考驗。POV 角色該怎麼面對，我們也說了個大概。注意，我們可以在不同的場景中反覆使用我們的 POV 角色。但每個場景都需要新的場景嚴峻考驗。因此，場景嚴峻考驗比 POV 角色複雜了那麼一點。

本書接下來會討論場景嚴峻考驗。

那麼開始吧。

第五章　每個場景都需要嚴峻考驗

來總結一下前面的內容。

場景是一個微型故事。

故事會敘述碰到嚴峻考驗的角色。

因此，場景要敘述在場景嚴峻考驗中的 POV 角色。

有兩個嚴峻考驗必須一直放在心裡：

- 故事嚴峻考驗
- 場景嚴峻考驗

故事嚴峻考驗就是故事裡從頭到尾聯合起來毀滅主角人生的所有東西。故事嚴峻考驗很大，包括故事裡的世界、主角到這一刻的整個生命歷程，以及故事中所有其他角色的生命歷程。

你身為寫作人，可要小心了。

你會很想、非常想用許許多多的字詞來解釋那一切了不起的事物，它們讓你的主角必須面對非常可怕的故事嚴峻考驗。

克制衝動，不要解釋故事的嚴峻考驗

不要解釋。讀者想知道**當下在這裡發生了什麼事**，不是昨天的事、去年的事或千年前的事。隔壁房間、另一座城市或另一個國家發生的事也不重要。這些都是故事嚴峻考驗的要素，但是別說出來。

那麼，你要怎麼寫你的場景呢？如果不能解釋問題是什麼，要怎麼動筆？

答案很簡單。你有一個場景嚴峻考驗，**當下在這裡毀了 POV 角色的人生**。在這個場景裡，盡情解釋場景嚴峻考驗。

不需要說的，就別說了。

但是一定要說到能確認場景合理的程度。

如果讀者需要知道年分、地點、天氣，那就告訴他們。把這些細節融入場景。

如果讀者需要知道，什麼法律導致POV角色當下在這個場景裡覺得痛苦，那就解釋這條法律。

如果讀者需要知道，POV角色當下在這個場景裡需要應付的地理位置，那就解釋地勢。

如果讀者需要知道，POV角色曾有的可怕經歷造成了他現在的痛苦，那就解釋那件可怕的事。

你或許會納悶，你有機會解釋你想出來的那些美妙背景故事，和你創造的夢幻故事世界嗎？

別擔心，你有的是機會。

記著，場景嚴峻考驗只會延續一個場景。

在場景的結尾，你的POV角色會破除場景嚴峻考驗。在過程中他或許會受傷，但場景嚴峻考驗就此毀滅。在下一個場景裡，則有新的場景嚴峻考驗。

場景一個接一個，你會讓讀者看到一連串的場景嚴峻考驗，在讀者心裡加總成整體的故事嚴峻考驗。在故事的結局，讀者會知道一切關於故事嚴峻考驗該知道的事，明白故事的內容。

讀者也會在恰當的時機得到該有的資訊。

場景的模式

過去幾個世紀以來，寫作者發現場景有兩種能打動情緒的模式。就只有以下兩種：

- 主動式場景
- 反應式場景

本書接下來會深入討論這兩種場景。我們會拆解它們，學會它們的運作方式，以及研究一些範例。在本書結束前，你會成為場景結構的專家。

先來大略看一下吧。

⊙什麼是主動式場景？

在主動式場景中，POV 角色一開始會設定目標，碰到形形色色障礙產生衝突，最後（通常）以挫折收尾。在極少數的例子裡，主動式場景以勝利收尾，但非常少見。等一下我們會討論為什麼作者通常想以挫折結束場景，為什麼勝利只能偶爾出現。

簡言之，主動式場景有：

1. 目標

2. 衝突
3. 挫折（或勝利）

⊙什麼是反應式場景？

反應式場景是接在主動式場景後的復原場景。經歷過前一個場景的挫折後，POV 角色給出情緒反應。她考慮過無數困境中的選項，最後做出決定。

簡言之，反應式場景有：

1. 反應
2. 困境
3. 決定

這兩種場景中都有場景嚴峻考驗。

場景嚴峻考驗的模式

你的場景地點在一個危險的地方、發生在一個危險的時間、周遭的環境很危險。如果場景裡沒有險境，你的場景就失去作用，必須要修復或賜死。修復的意思是加入險境，賜死的意思是把它刪了吧！

場景裡的危險就是指場景嚴峻考驗。

來看看上面說的兩種場景有什麼樣的險境。

⊙主動式場景中的險境

在主動式場景中，POV 角色急欲在場景結束前達成一個目標。

險境是——她可能無法達成她的目標。

因此，在這種情況下，場景嚴峻考驗是妨礙 POV 角色達成目標的所有事物。故事裡的世界、其他的角色、POV 角色本身的弱點，一切讓她達不到目標的東西。

⊙反應式場景中的險境

在反應式場景中，前面某個場景中的挫折帶給 POV 角色相當大的衝擊。險境是──她可能會放棄，離開故事。

所以，在這種情況下，場景嚴峻考驗就是逼迫 POV 角色離開的一切事物。沮喪、恐懼、內疚、其他的角色、沒有選擇、告訴她前面無路可走的所有一切事物、沒有新的目標來推進到下一個場景。

你怎麼知道場景出了毛病？

如果你說不出場景嚴峻考驗是什麼，這個場景就完蛋了。

別忘了，每個場景都必須是一個微型故事。每個故事都是面對嚴峻考驗的角色。

如果沒有場景嚴峻考驗，你的場景就不是故事，場景就有問題了。

在後面的章節中，我們會研究到底如何修復出了問題的場景。這可能很費工夫，但現在的重點是：要知道場景有問題。

如果你不知道出了毛病，就不能修復。

你可能要好好思索一下你現在正在寫的場景。

場景裡的 POV 角色是誰？

場景嚴峻考驗是什麼？

場景行得通嗎？還是有問題？

如果行得通，你就有機會傳達強而有力的情緒體驗，盡到說故事的責任。

我們會在下一章告訴你怎麼辦。主動式場景如何給人有力的情緒體驗？背後的心理學是什麼？

第二部

主動式場景

第六章　主動式場景的心理學

在主動式場景中，你要跟讀者的大腦共事，在讀者心裡創造強大的情緒體驗。主動式場景的每個環節都設計成能激起某些情感。

記得嗎？主動式場景有三個要素：

1. 目標
2. 衝突
3. 挫折（常見）或勝利（不常見）

來看看每個要素，了解它們的重要性。

為什麼主動式場景需要目標？

在真實生活中，每個人幾乎時時刻刻都在面對考驗。那就是人生——不斷地掙扎。碰到嚴峻考驗時，最簡單的應對方法就是不去應對——縮到床上，把恐懼置之腦後；用化學物品麻痺憂慮；或逃離險境。

但大多數人都不欣賞不肯奮鬥的人。我們欽佩面對險境的人，更有甚者——進攻險境的人。我們讚賞主動的人。我們想要主動，真的很想，但常常做不到，因為主動的方式很艱難。主動迎擊嚴峻考驗的方法是要先制定目標，然後全力攻擊所有的障礙。

在主動式場景中，為討人喜歡的 POV 角色定下目標後，就立即激發了讀者的幾種情感：

- 「我很欣賞 POV 角色正面迎擊險境。她好勇敢！」
- 「在這個場景裡，我想變成那個 POV 角色，學會面對我自己的險境。」
- 「我支持那個 POV 角色去達成她的目標，因為我喜歡她。」

在主動式場景中，為不討人喜歡的 POV 角色定下目標後，會激發幾種不同的情感：

- 「我不喜歡那個 POV 角色用這種方法面對險境，或害我喜歡的那個人陷入險境。她好討厭！」
- 「在這個場景裡，我想變成那個 POV 角色，學會不要在我的生命裡重蹈覆轍。」
- 「我不支持那個 POV 角色，我希望她落敗，因為我討厭她。」

為什麼主動式場景需要衝突？

衝突表示 POV 角色在追尋目標的過程中碰到了阻力。每個人都要面對生命中的衝突，幸福不是唾手可得。如果要達成目標，你就得努力。你得發揮創意，你必須變得堅強，而且要保持堅強。

簡言之，你要培養出情緒肌肉，那就是故事的作用，打造情緒肌肉，再創造情緒肌肉記憶。這是兩個不一樣的東西。肌肉是一種力量，讓你可以做對的事情。肌肉記憶則是刻入內心的能力，記住什麼才是對的。肌肉碰到阻力以後，就會逐漸增長。

在主動式場景中，讓討人喜歡的 POV 角色面對衝突時，你就立刻激發了讀者的好幾種情感：

- 「我好擔心那個 POV 角色。她將要進入險境，很可能會失敗。」
- 「我很欽佩那個 POV 角色，在這麼長時間的衝突裡，一直堅持下去。她不放棄！我也不會放棄。」
- 「我心跳得好快，這一刻我覺得充滿活力。太棒了！」

在主動式場景中，讓不討人喜歡的 POV 角色面對衝突，你激發了不太一樣的情感組合：

- 「我好怕那個 POV 角色會成功，讓我喜歡那個人變得更慘。我看不下去了，但我也不能不看下去。她可能會贏！」
- 「我好討厭那個 POV 角色，一直為我喜歡的人製造衝突。她不放棄，但是我喜歡的角色也不會放棄。」
- 「我心跳得好快，這一刻我覺得充滿活力。太棒了！」

為什麼主動式場景通常要有挫折？

場景是微型故事。意思是需要有一個結局，有一個解決。這個解決可能是贏，也有可能是輸。如果輸家是大家喜歡的 POV 角色，或贏家是大家不喜歡的 POV 角色，我們稱之為挫折。

挫折有挫折的好處。你的目標是為讀者打造情緒肌肉記憶。聽說，如果你鍛鍊肌肉到近乎力竭的那一點，肌肉便會以最快的速度累積。

以挫折結束主動式場景的話，你就立刻激發了讀者的這些感受：

- 「噢，難過死了！」
- 「我真不敢相信場景就這麼結束了。希望整個故事不會有同樣的結局。拜託、拜託、拜託啦！這個故事還要有別的情節。」
- 「我一定要繼續翻頁，看看接下來會怎樣。」

用挫折結束場景後，很明顯地，場景結束了，但整個故事還沒完。讀者的大腦會因此產生一個開放迴路。

人腦的本能不接受開放迴路。

人腦想要閉合。

人腦會堅持尋找閉合。

讀者必須翻頁，才能得到閉合，這也是你對讀者的期待。你希望讀者翻到下一頁，看下一個場景，再移到下一個跟下一個。

因此，用挫折結束場景時，你就應用了所謂的蔡加尼克效應（Zeigarnik effect）——人類面對開放迴路時，會更關心未完成的事情（蔡加尼克效應由心理學家布魯瑪・蔡加尼克〔Bluma Zeigarnik〕發現，她在一九二七年發表了她的成果。據說，她的博士論文指導教授在餐廳裡注意到一位服務生可以記下顧客點餐的大量細節——等付帳後，他似乎就全忘了。付帳閉合了心理迴路，他的心思放到別處了）。

主動式場景為什麼有時候需要勝利？

場景結束時，討人喜歡的 POV 角色贏了，不討喜的 POV 角色輸了，我們稱之為勝利。

前面說過，挫折會激發一些深刻的情緒感受，勝利也會激發一些：

- 「耶！太讚了！」
- 「現在可以鬆一口氣了。說實在的，幾點了？天啊，居然已經這麼晚了。」
- 「我現在真的不需要再翻頁了。一切都很好。如果我翻頁，情況就可能走下坡，今天讀到這個感覺很高興的地方就好了。」

有一次，朋友向我解釋她為什麼再也不參加寫作比賽：「贏了很高興，但比不上輸了那麼難受。」

確實，贏了感覺很好，但輸了感覺糟透了。

如果你的目標是持續傳達強烈的情緒體驗，讓讀者對你的書愛不釋手，你就該多寫一點挫折，少一點勝利。

但有時候，場景必須以勝利作終。

因為一個人老是輸，一直輸，輸個不停，實在沒道理。

有時候，輸家唯一的結局就是死，如果 POV 角色需要活下去，就要讓她贏。

但是，即使場景的結局是勝利，運氣好的話，你還是可以把勝利化為飛灰。場景的結局變得悲喜參半，既有挫折的所有優勢，也有勝利的所有優勢。我們會在後面的章節中解釋。

關於目標、衝突和挫折的建議

最好在場景的第一句，盡快制定 POV 角色的目標。為什麼？因為沒有目標，就沒有故事。場景有目標後，立刻就變成微型故事。

場景大部分的篇幅應該都用在衝突上，POV 角色試了又試，不斷嘗試達到自己的目標。在衝突的階段，POV 角色既不是贏家也不是輸家。為了目標，她一直努力，她知道為了贏，只要找到一個有用的方法就夠了。所以她會不斷嘗試。

在大多數主動式場景的結尾，給你的 POV 角色糟糕到底的挫折，不要讓她達到目標。這不光是再試一次又失敗了，而是最後一次努力。除了努力付諸流水，你的 POV 角色也受到嚴重的打擊。在場景結束時，POV 角色比一開始還要更慘。

好的，現在我們了解了主動式場景的運作理論。

但是，要怎麼實踐？

我們要拆解場景，詳細研究每個部分。

在下一章，我們將會解釋，你究竟該怎麼創造在整個場景中驅動 POV 角色的目標。

第七章　如何創造出勁爆的目標

來快速複習一下前面的內容。

故事裡的每個場景本身都要是一個微型故事，有開頭、中段和結局。

主動式場景開始時，你會指定 POV 角色，清楚說明他在這個場景裡的目標。這就有兩個問題了。

- 什麼時候指定 POV 角色？
- 你該用多長的篇幅來確立他的目標？

按理來說，你應該在第一句指出 POV 角色是誰，起碼在第一段要說出來。在少數情況下，可能不在第一句或第一段，如果違反常規的話，你應該有你的理由。

指明目標的篇幅沒有制式答案，但你最好能盡快說明目標。如果第一句就講出目標，非常好。

如果要用一整段文字來解釋目標，也很不錯。釐清目標花的篇幅愈長，POV 角色呈現的主動性就愈低。

如果你用了不只一段的文字，你要問自己為什麼花了這麼多時間。什麼耽誤了你？如果調換一下順序，在第一段或甚至第一句就指明目標，會變成什麼樣？

如果可以把目標移到場景更前面的地方，就得分了。那就移吧。

但是，我們還要問一個更高層的問題。

你怎麼知道這個場景的目標是一個好目標？

你怎麼知道目標好不好？

主動式場景可能幾百字，也有可能一兩千字。在那個場景裡，你必須說一個完整、獨立的故事。因此你的目標有一些條件。

⊙目標必須符合場景的可用時間

主動式場景的目標必須能在你為場景分配的時間裡，以合理方式達成。在故事世界的時間裡，一個場景通常會延續幾分鐘，也有可能多達一兩個小時。

這段時間足夠完成一場比賽，或搶銀行，或向你心裡那個人求婚。

不過，要接受鍛鍊參加奧運，或造成白銀市場崩潰，或籌辦一場婚禮，時間就不夠了。這些目標需要更多的場景——有可能需要一整本小說。

所以，目標要能裝進場景的時間長度。如果擠不進去，就分成一連串更小的步驟，用第一個當作場景的目標。

⊙目標必須是 POV 角色做得到的

主動式場景的目標必須是 POV 角色有可能做得到的事情。

如果角色速度很慢，但你給他的目標是打破馬拉松的世界紀錄，這就不實際了。他的體能做不到。

如果他緊張兮兮就怕違法，你的目標卻是叫他去搶銀行，場景就脫離真實，你必須要大費周章說服讀者相信這件事有可能。

如果他的害羞程度到了絕症等級，你的目標卻是設定他去問心裡偷偷喜歡的人一起參加舞會，可以嗎？當然可以！只要他的生理狀態允許他說出這句話，這個目標其實很棒。理由很簡單。

目標要有難度

故事就是角色碰到了嚴峻的考驗。考驗愈艱難，故事愈扣人心弦。因此，讓主動式場景的目標變困難，一點問題也沒有。事實上，有難度才好。這裡的界線很微妙。目標愈困難，張力愈高，這樣很棒。但如果目標難到可笑的程度，就失去了可信度。所以，給你的 POV 角色一個困難的目標，但不要難到荒謬。

POV 角色會什麼要選擇這麼難的目標？只有一個理由。

目標必須適合角色

你的 POV 角色有某些價值。她有某個抱負，驅動她的人生。在你說的整個故事裡，她有某個重大的故事目標。

角色在場景裡的目標應該配合這些價值、這個抱負，跟這個故事目標。

價值、抱負跟故事目標又是什麼意思？我的著作《小說家之路》中有詳細的解釋，在這裡給個簡單的答案好了：

- 價值是角色個人的信念，可以這麼說：「沒有什麼能比______更重要」。主角填入空白的東西就是價值。通常角色會有好幾種價值，有可能彼此衝突。
- 抱負是角色想要在生命中成就的抽象事物。大家都知道美國小姐的當選人想要達成「世界和平」，不過那很抽象。在每個人心目中可能有不同的解釋。
- 故事目標是角色在這個故事裡想要達成的具體客觀事物。理想上是可以拍成照片或影片的東西。那是角色認為能實現抱負的東西。她或許相信，消除所有的核子武器，世界和平就會到來（或許會，或許不會。你無法拍攝世界和平，但地球上最後一項核子武器消除時，你可以拍下照片）。

在每個場景裡，角色都需要設定目標，她相信這個目標就像踏腳石，能幫她達到故事目標。目標不能背離她的抱負和價值。否則，讀者會覺得這個場景不合理。讀者會說：「不對吧！那個角色才不會幹那種事。」

⊙目標必須具體跟客觀

讀者想知道勝利的意義。讀者想知道自己支持什麼。具體且客觀的目標可以拍成照片或影片。

比方說在重大比賽中贏得勝利，在敵人過橋前炸毀橋梁，或向喜歡的人求婚。

主動式場景可以設定的目標

現在你懂了定義目標的理論，我就從之前提過的小說裡舉幾個例子吧。

範例一 《飢餓遊戲》主動式場景中的目標

在《飢餓遊戲》第十四章開始的場景中，有幾個不懷好意的專業貢品想淘汰凱妮絲，為了躲過他們，她爬到樹上。凱妮絲只有一把刀，而專業貢品的武器很齊全，有長矛、劍和弓箭。她的景況看起來很無助。

在場景的開頭，凱妮絲看到一個蜂窩，她認出那是變種大黃蜂。

但什麼是變種大黃蜂？應該是超出讀者常識範圍的東西。

變種大黃蜂也算在場景嚴峻考驗裡，所以蘇珊．柯林斯用好幾段的文字來解釋牠們有多兇暴，還能置人於死地。螫一兩下，你就會看到可怕的幻覺，再多幾下，你就完蛋了。

你需要這些資訊，才會覺得凱妮絲在這個場景裡的目標有意義。

目標很簡單。凱妮絲要爬上大黃蜂巢所在的樹枝，把樹枝鋸斷。要很小心，不要驚擾大黃蜂。然後她要讓蜂巢直接落在專業貢品身上，把他們趕走。

來評估一下這個目標吧：

- 目標能擠進場景的時間長度嗎？可以，鋸斷樹枝只要幾分鐘的時間。
- 凱妮絲做得到嗎？可以，她有一把很大的鋸齒刀。
- 很難嗎？很難。如果鋸的時候讓樹幹搖晃起來，大黃蜂會飛出來攻擊她，她就來不及把蜂巢丟出去。她也要在聖歌結束前搞定，這時樹下的專業貢品都不會注意她。
- 目標適合凱妮絲嗎？適合。她的一個價值就是生存最重要，她的抱負是活下去，她的故事目標是贏得飢餓遊戲。用一窩具有超能力的大黃蜂攻擊專業貢品完全符合她的價值、抱負和故事目標。
- 目標具體而客觀嗎？是，蜂巢會掉到貢品身上，或沒有命中。

範例二 《異鄉人》裡主動式場景的目標

在《異鄉人》的第十二章，克萊兒要跟幾個蘇格蘭人出門，幫領主收租。他們還不知道她是時空旅人，只知道她是英國人，所以他們都不太信任她。克萊兒知道他們會走近把她帶來過去的石陣時空門戶，而她的故事目標是到達時空門戶，回家去。但她自己一個人去的話有點危險，要有人幫忙。到了布羅克頓（Brockton），克萊兒跟她的蘇格蘭朋友聽說附近的威廉堡來了一名英國的駐軍司令官，就在村裡的客棧。

在場景的開頭，蘇格蘭人的領袖道格爾・麥肯齊（Dougal MacKenzie）告訴克萊兒他們要去拜訪這位駐軍司令官。

克萊兒立刻成立了這個場景的目標——不管這個駐軍司令官是什麼人，她都要說服他派個武裝護衛，送她到石陣去。

這個目標好不好？來看看：

- 目標能擠進場景的時間長度嗎？可以，克萊兒去見駐軍司令官，找理由說服他，大概要一小時吧。

- 克萊兒做得到嗎？可以，她是英國人，司令官也是英國人。她只要編個理由，要他派幾個士兵陪她出去半天，到石陣那裡走走。
- 困難嗎？很難，她不太會說假話，也說不出自己為什麼在蘇格蘭。前面幾次說謊的時候都被戳破了。
- 目標適合克萊兒嗎？適合，她有兩個價值。第一，她一定要活下去；第二，她的丈夫法蘭克對她來說非常重要。她的抱負是回到法蘭克身邊。她的故事目標是找到時空門戶，穿過去。所以要駐軍司令官派兵送她去石陣，完全符合她的價值、抱負和故事目標。
- 目標具體而客觀嗎？是，克萊兒或許能向駐軍司令官要到幾名士兵和一匹馬，或許要不到。

範例三

《教父》裡主動式場景的目標

《教父》第十章開始時，麥可．柯里昂站在醫院病房的窗前，看著窗外，病床上的父親只能無助躺著，沒有護衛。麥可知道有一隊黑手黨殺手要來殺他父親。麥可沒有槍，沒有盟友，但他知道十五分鐘後就有人來幫忙了，只要他能拖延過這段時間。

所以麥可的目標很簡單：拖住殺手，直到幫手到來。在場景中，這個目標並不明確，但讀者根據麥可的想法和動作，可以猜到麥可的謀畫。讀者也能看到，麥可的火力比不上敵人，他必須考慮得比他們更周詳。讀者不知道麥可要怎麼達成目標，但麥可自己也不知道。場景感覺高度緊張，因為麥可要赤手空拳邁入險境。

來檢驗麥可的目標吧：

- 符合場景的時間長度嗎？符合，麥可的哥哥說援軍十五分鐘就到，這個時間長度很適合動作很多的場景。
- 麥可有能力拖延嗎？有，我們知道麥可參加過太平洋戰爭，他殺過人，看到槍不會讓他驚慌失措。我們也知道，他父親跟哥哥都覺得他很不好惹。
- 難度高嗎？很難。敵方會派一名司機跟三、四名槍手。麥可獨自一人，沒有武器。勝算機會渺茫。麥可人很聰明，是個硬漢。但槍枝可不在乎你有多聰明、多堅毅。
- 目標適合麥可嗎？適合，麥可是西西里人，西西里人最看重血親，這也是他的價值。麥可願意為父親犧牲自己的性命。當然，這就抵觸了他另外兩個價值——他認為活下去很重要，當守法的公民也很重要。所以麥可的價值彼此衝突，他也發現了，必須決定哪一個價值實際上最重要。麥可在這部小說裡的抱負會出現變化，故事目標也會。因為他的價值出現了嚴重的衝突，不久之後就必須做出選擇，這時抱負跟故事目標也會跟著變。這個場景是他的第一步，要走向新的抱負和新的故事目標。

- 麥可的目標具體而客觀嗎？是，在這個場景結束時，麥可的父親不是還活著，就是被殺了。

目標之後，衝突出現

我們看過三個範例場景裡的目標，發現每個都站得住腳。目標在開頭就盡快布局完成，接著作者就移到場景的主體。

要記住，這些都是主動式場景，以目標為導向。主動式場景中 POV 角色的目的就是達到那個場景裡的目標。在主動式場景中，POV 角色絕對不能忘了那個目標。生命中其他的事情都暫時沒那麼重要，達到目標最重要。

你身為作者，應該要盡快在主動式場景中定好目標，然後直接移到衝突。如果你能用一句話制定目標，就用一句話。如果需要一整段，就用一整段。如果需要好幾個段落，認真思考為什麼要用這麼長的篇幅才能說清楚「你的 POV 角色人生此刻最重要的事」。你在躊躇什麼呢？直接來到場景的重點吧。

現在，關於目標該說的都告訴你們了，我們也別猶豫。來解釋衝突吧！好玩的來了。

第八章　如何創造出勁爆的衝突

前面說過幾次，每個場景都是獨立的微型故事，有開始、中段和結局。在前一章，我們看過怎麼在主動式場景的開頭設定場景的目標。

主動式場景的中段則是衝突，你要寫的內容基本上都放在這裡了。

衝突直接出自場景的嚴峻考驗，可能來自環境、另一個角色，或 POV 角色自己內心互相衝突的價值，或者是好幾個因素的組合。這些都可以算是場景嚴峻考驗。

場景大部分都在展現 POV 角色與場景嚴峻考驗的衝突。如果你拖延著不解釋故事的嚴峻考驗，又需要讀者了解這個場景裡的嚴峻考驗是什麼，就該提出你的解釋了。盡快說清楚吧！

主動式場景該有多緊張？

衝突應該要能讓 POV 角色非常難受。好，問題來了，你希望你的衝突有多艱難？

有些小說在幾乎每一個主動式場景裡都放了緊張到荒謬的衝突。如果你要寫一本很誇張的動作冒險小說，那沒關係，你的受眾也願意接受。他們就想要這麼強烈的情緒體驗。

但在大多數小說裡，一些主動式場景的衝突強度略略降低了。當然，有些場景非常緊張，有些卻只是普通緊張。如果場景的張力不高，通常不是主動式場景，而是反應式場景。我們會在後面的章節裡討論反應式場景。

主動式場景的緊張程度沒有所謂正確的答案。你應該要研究一下你寫的小說類別，了解受眾期待的緊張程度範圍。然後把你的衝突寫在那個範圍裡。

衝突的模式

衝突的模式相當簡單：

- 你的 POV 角色嘗試某件事情，她期待這件事能讓她達成目標。
- 某事或某人想辦法阻止她。
- 重複這個循環，直到你準備好結束場景。

要寫多長，沒有明確的規定。嘗試跟阻礙的循環可以只有一兩輪，也可以有五到十輪或更多。一本書裡最重要的場景常常會持續相當長的篇幅，衝突愈繃愈緊，逐漸提高緊張程度，直至來到最高點。

主動式場景的一些範例衝突

我們剛定義了主動式場景中衝突的基本模式。以我們在前一章開始分析的場景為例，來看看那個模式怎麼展開。

範例一 《飢餓遊戲》主動式場景中的衝突

我們在上一章開始分析凱妮絲在樹上的場景。她的目標是把變種大黃蜂的蜂巢丟向地面上那些專業貢品。她想在遊戲製造者演奏聖歌時完成，因為專業貢品不會注意到她。來看看怎麼發展。我們在場景行進時看到緊張程度起起落落。下面的每個點都是一個嘗試與障礙的循環。

- 在樹枝上的凱妮絲往上移動。聖歌開始演奏，凱妮絲開始用刀子鋸樹幹，但在前一個場景裡，她的手燒傷了，抓住刀子時簡直痛苦難耐。
- 凱妮絲忍痛繼續鋸樹幹。聖歌結束時，凱妮絲才鋸到大約四分之三的地方。她不得不住手，要是專業貢品注意到她在幹什麼，退回安全的距離，她的努力就白費了。
- 凱妮絲在樹枝上慢慢往下挪到她的睡袋那邊，發現某個有錢的贊助人空投了禮物——治療燒傷的藥膏！她的勇氣得到直接的獎賞，凱妮絲信心大增。她把藥膏塗在各個燒傷的地方，皮膚開始復原了。凱妮絲睡了一整晚，曙光初現時，她回到樹枝上，看到蜂巢上爬著一隻變種大黃蜂。危險！她忽視自己的恐懼，開始鋸樹幹。蜂巢裡的大黃蜂嗡嗡作響，牠們要出來了！
- 凱妮絲沒有停手，反而愈鋸愈快。一隻變種大黃蜂螫了她一下。
- 她鋸得差不多了，把樹枝推開。樹枝帶著蜂巢往下落，正好掉在圍成一圈睡著的專業貢品中間。蜂巢裂開了，但凱妮絲又被螫了兩下。
- 地面上的專業貢品四散逃開，大黃蜂猛螫他們。兩名專業貢品受到太多蜂螫，已經倒下了，其他人拔腿逃命。凱妮絲爬下樹，朝著反方向跑。三下螫傷讓她痛到心生驚駭。

- 凱妮絲拔出蜂刺。她記得專業貢品裡的一個女孩有一副弓箭。即使回頭非常危險，她也要拿到那副弓箭。她找到那個女孩，發現她快死了。如果她死了，遊戲製造者不久就會移走屍體，武器也會被拿走。
- 凱妮絲瘋狂地拉扯著弓箭，她已經出現幻覺了。女孩的屍體跟凱妮絲需要的武器纏在一起。
- 凱妮絲終於扯開了武器，可是她聽到聲音，有人轉頭來殺她了。比德第一個到，後面跟著專業貢品裡體格最魁武的惡棍，個性殘暴的卡圖（Cato）。感覺很不妙。

範例二 《異鄉人》主動式場景裡的衝突

前一章我們看到克萊兒跟押送她的道格爾前往布羅克頓村莊，因為他們聽說當地的駐軍司令官在客棧裡過夜。克萊兒的目標是說服司令官派幾名士兵送她去石陣。她得編個理由讓他接受。下面是場景開展的方式：

- 克萊兒在樓下的酒吧等候，道格爾上樓去駐軍司令官的房間。幾名英國士兵瞟了克萊兒幾眼，讓她感到不安全。

- 道格爾叫克萊兒到司令官的房間。克萊兒上了樓，發現她認識這位司令官。他就是六個星期前她穿過時空門戶時碰到的藍鐸上校，那個邪惡的人。他也認出她來，克萊兒發覺事態嚴重了。
- 克萊兒解釋自己為什麼會在這裡。她自稱是一名來自牛津郡（Oxfordshire）的寡婦，說夫家姓博尚（Beauchamp），但這其實是她娘家的姓氏（說自己姓藍鐸就很蠢了，變成藍鐸上校的親戚）。她說自己要去法國找過世丈夫的親戚，路上被匪徒攻擊。她的故事漏洞百出，騙不了藍鐸上校。他盤問她的前言後語，不相信她來自牛津郡，因為那邊沒有人姓博尚。
- 克萊兒問他怎麼知道，畢竟他是薩塞克斯（Sussex）人，反而戳破了自己的謊話。藍鐸上校並未提過自己的家鄉。克萊兒的丈夫是藍鐸上校的後代，曾經說過這件事。藍鐸上校立刻起了疑心，詰問她怎麼知道他是哪裡人。
- 克萊兒大言不慚，說從他的口音知道的。藍鐸緊咬不放，想逼她承認自己說謊。他考她會不會說法語，她通過了。然後他問她的娘家姓什麼，克萊兒無言以對，因為她才假稱她的娘家姓是夫家的姓氏。
- 克萊兒閃躲藍鐸的盤問，直言問他可否讓她前往石陣。藍鐸怒目相向，駁回她的請求，真氣人。她一看就在說謊，藍鐸命她坦白。他語帶警告，說他會用盡各種手段，逼問出她是誰。

- 克萊兒問他有什麼手段，結果證實她真不該問的。

範例三

《教父》主動式場景中的衝突

在前一章，我們讓麥可．柯里昂在深夜時分走到醫院外面的街道上，獨自一人，沒有武器，等候一隊來殺他父親的黑手黨殺手。在這個場景裡，麥可的目標是拖住殺手至少十五分鐘，等柯里昂家族的援兵到來。他拿了一手爛牌，牌局接著開展：

- 麥可站在街燈下，來人一定會看到他，認出他是柯里昂家族的人，或許會以為他在站崗。但第一個到的不是殺手，是天真年輕的麵包師傅安索（Enzo），他是家族的朋友，來探視臥病的教父。他不能幫忙作戰，麥可現在還得趕他走，免得這孩子受傷。
- 麥可叫安索快走，他說可能會有麻煩，麻煩來了，警察也會來。安索沒有公民身分，他知道惹麻煩的話可能會被驅逐出境，但他堅持要留下來。他願意盡自己的能力來協助教父。麥可沒辦法擺脫他。

- 麥可跟安索一起抽菸，裝成教父的士卒。一台車開到街角，慢了下來，車裡的人打量著麥可和安索。車子加速開走了，但麥可知道他們會回來，下一次車子就會停下來。
- 漫長的十分鐘過去了，三台警車飛速而至，發出尖銳的警笛聲。麥可以為他們來幫忙，但兩名警察抓住他的手臂，另一名則搜查他是否帶了武器。警長對著麥可大吼，說他以為逗留在這裡的小混混都趕光了，他在這裡做什麼？一名警察告訴警長，麥可是維多·柯里昂的兒子。
- 麥可要他們解釋，為什麼父親的病房裡沒有護衛他的警探。警長勃然大怒，說他不在乎黑手黨惡棍會不會自相殘殺到全部死光。他命令麥可立刻滾蛋。
- 麥可發覺這名警長已經被父親的敵人索拉索收買。他表情平靜，說等父親有了護衛，他才會離開。警長命令一名警察逮捕他，但警察說他們找不出理由。麥可沒有武器，而且他是戰爭英雄。要是逮捕他，會引發騷動。警長說他不管這些，就要警察把麥可關起來。
- 保持平靜的麥可挑釁了警長。他知道其他的警察都沒有受賄，便問警長他收了索拉索多少錢來設局殺害維多·柯里昂。警長氣瘋了。

所有的好場景都必須結束

衝突很好，在寫得不錯的場景中，你會讓緊張累積到場景嚴峻考驗所能支撐的最高程度。到了最緊張的時刻，不要讓張力平緩下來。你不希望讓讀者失去興趣。你希望讀者看完場景，還想看下去。

讓 POV 角色突破場景的嚴峻考驗。

此時，POV 角色贏了，或場景嚴峻考驗贏了。

就只有這兩個選項。我們會接著討論。

第九章　如何創造出勁爆的挫折

你現在準備好要結束場景了。別忘了，每個場景都是一個微型故事，有開頭、中段和結局。那麼，場景的結局必須是——這個微型故事能「引發強烈情緒」的結局。

但不一定要滿足讀者的情緒。一般來說，你希望讀者感到不滿足。你希望讀者還想看更多。你希望讀者繼續翻頁，讀下一個場景。

要結束場景的話，最好的方法就是來一個挫折。如果不能以挫折做終，那麼以勝利結束吧。找個方法終結場景的微型故事，但不要就此打住涵蓋場景的整體故事。

挫折要呼應你的主角

這裡要釐清一點，挫折是什麼？勝利是什麼？

記著，讀者的情緒已經被主要故事的主角牢牢抓住。

但特定場景裡的主要角色（POV 角色）可以是任何一個人物——主角、戀愛對象、搭檔、壞人，或某一個人。

在你的故事裡，一切都是以主角為標準來衡量。我們說場景的結局是挫折，意思是對主角來說是挫折。

如果場景裡 POV 角色的利益與主角相符，那麼 POV 角色的損失就是主角的挫折。

如果場景裡 POV 角色與主角有利益衝突，那麼 POV 角色贏了，主角就碰到挫折。

同樣地，說到以勝利終結場景時，我們指的是以主角的權衡算是勝利。

但主角可能很複雜

問題又來了。主角可能不是好人，沒有人是完美的，你的主角可能有缺陷。

在《飢餓遊戲》裡，凱妮絲大致算討人喜歡，但不完全是。一開始的時候，她自願取代妹妹加入飢餓遊戲，獲得讀者的好感。太棒了，我們支持她。但她也有難相處的時候。她憤世嫉俗，一點浪漫細胞也沒有。比德愛上了她，她卻不愛他，還常常利用他。那我們就不買帳了——我們要的東西跟她要的不一樣：我們想要對她最好的東西。我們要她跟比德談戀愛。因此在某些場景裡，我們覺得很難受。我們知道她一心只想活命，我們可以代入她，追求同樣的目標。但同時我們也希望她能得到她不想給自己的東西——我們要她學會愛人。

在《異鄉人》裡，克萊兒很討人喜歡。讀者從頭到尾都會站在她這邊。我們要她回到家，回到丈夫身邊。但我們也感受得到她慢慢愛上這個她碰到並被迫結婚的男人。克萊兒陷入難題，不確定自己想要什麼。讀者也跟她一起左右為難，因為在她的戰爭裡，雙方都是好人。

在《教父》裡，大家應該都喜歡麥可·柯里昂，他身不由己，慢慢走向黑暗的那邊。這部小說寫出一個好人腐化的故事。我們喜歡麥可，我們希望他得到最好的結局。麥可開始走上歧途，我們不希望他繼續走下去。但我們也可以代入他，了解他為什麼選了這條路。我們支持他走回正道，但我們必須繼續看著他偏離原本的人生道路，開展黑暗的新命運——成為新的教父。

情況愈來愈複雜的時候，要定義我們心目中的勝利和挫折不就更難了？

前面說過，勝利與挫折，都按著主角來衡量。

主角想要的東西不對的話，會怎麼樣？

我們能在語義上把自己搞糊塗。

但是沒有這個必要，勝利的定義就是主角想要的東西，即使對他來說真的很糟糕。挫折就是主角不想要的東西，即使可能對他非常有益。

意思是，在某些情況下，挫折是好事，勝利是壞事。

就這樣吧，人生很複雜。

主動式場景的一些挫折範例

現在來看我們的範例中的主動式場景，並研究它們的結局。我們的目標是挫折，但有時候必須接受勝利。

範例一 《飢餓遊戲》主動式場景中的勝利

在前兩章，在我們分析目標和衝突的場景中，凱妮絲一開始時為了躲過幾名專業貢品而被困在樹上。他們想殺死她，她的目標是把變種大黃蜂的蜂巢丟到他們身上，然後逃走。這個目標不容易，但她做到了，趕走了折磨她的人。其中有一個人似乎會死掉，凱妮絲又看到另外一個應該會死的人，拿走了她的武器。

算是勝利吧，對不對？凱妮絲得到她想要的東西，不是嗎？

對，但蘇珊．柯林斯很聰明，精采地扭轉了這項勝利。凱妮絲的敵人回來了兩個，第一個是比德，而凱妮絲認定他是騙子跟兇手。

凱妮絲想射他一箭，但變種大黃蜂的毒液模糊了她的視線，她看不清，無法把箭搭到弓上。比德帶著長矛，但他並不想殺她。他大吼，要她快跑。凱妮絲還沒搞清楚比德其實是友非敵。她頭暈目眩，跑不動了，所以比德想救她，她卻只能呆呆瞪著比德。

接著卡圖來了。卡圖是專業貢品裡個子最大也最壞的，他恨凱妮絲恨到發狂。他有一把劍。凱妮絲終於能跑了，她幾乎看不見，蜂螫也讓她起了幻覺。但她心裡只有一個想法──比德救了她。

她還丟下他，獨自面對卡圖。

沒錯，凱妮絲得到勝利，但體內注入許多變種大黃蜂的毒液，產生了幻覺，以及留下比德一人面對卡圖的罪惡感，這個勝利百味雜陳，也含有不少的挫折。

世界各地的作者都會說，蘇珊．柯林斯反勝為敗。

讀者會忍不住翻頁，讀下一個場景。

注意，場景嚴峻考驗結束了。凱妮絲從樹上下來，兩名圍攻她的專業貢品死了。馬上會出現新的場景嚴峻考驗，但是跟這個不一樣。

範例二

《異鄉人》主動式場景裡的挫折

前一章說到克萊兒大膽質疑邪惡的藍鐸上校，他有什麼手段來強迫她換一套說詞。

藍鐸上校一秒也不浪費，他命令下士站到克萊兒身後，抓住她的手肘。

然後他用盡全身的力氣在她肚子上打了一拳。

這個場景開始時，克萊兒期待能說服一名友善親切的英國軍官，幫她找路回去離駐防地只有幾英里的時空門戶。

場景結束時，克萊兒疼痛難當，她知道這個人不會幫她，還會用自己的權力阻止她前往石陣。

克萊兒今天回不了家了，有可能永遠回不去。

她需要有人保護她，不再被這個邪惡的男人欺負。

這是挫折。

場景嚴峻考驗再度結束。克萊兒再也不會來這個房間。她會再次碰到藍鐸上校，不過在不同的地方，不同的時間，不同的環境裡。她也更能猜到這個人會有什麼反應，預先做好準備。

他也會做好準備。

範例三

《教父》主動式場景中的挫折

在前一章，我們看到麥可・柯里昂想擋住一群黑手黨殺手，但他沒準備好面對突然出現、想把他趕走的警察。麥可勇敢對抗，質問刁滑的警長收了索拉索多少錢，來幫他害死教父。

警長要兩名警察制住麥可。

然後他對著麥可的臉揍了一拳，打碎了骨頭，打斷了牙齒。

（這個場景跟前面《異鄉人》的場景非常相似，但只是巧合。這兩個故事幾乎沒有共同點。）

麥可碰到了重大的挫折，裡面混雜了一點點勝利。儘管麥可痛到意識模糊，但他看到好幾台車停下來了。車裡跳出幾名帶槍的人，他們是柯里昂家族雇來在醫院裡保護教父的私家偵探。律師告訴警長，這些人有持槍的許可，警長有問題的話，明天早上就去見法官吧。

所以麥可達成了這個場景的目標——他拖住了殺手，直到援兵抵達。

但付出的代價也很慘痛，他受的傷一輩子都不會好。

他也跟這名警長結下了深仇大恨，與柯里昂家族敵人的戰爭尚未結束。

對麥可來說，戰爭才剛開始。

場景嚴峻考驗讓麥可付出極大的代價，不過現在已經結束了，我們不會再看到這個考驗。麥可再也不會來捍衛這塊地盤，他再也不會獨自一人保護父親，不過他還會再碰到這名警長。

但是，下一次，兩人手上都有槍。

勝利的苦惱，挫折的震顫

在我們的範例裡，有一次沾染了嚴重挫折的勝利、一次徹頭徹尾的挫折，跟一次帶著勝利甘甜的挫折。

每個案例裡的挫折都是故事的驅動力，讓讀者持續翻過書頁。

切切實實的勝利可能就會讓讀者闔上書本，關燈準備睡覺。

但混合了挫折的勝利完全不一樣。跟純粹的挫折一樣有效，讓讀者忘了該睡覺了。

而你身為作者，那就是勝利。

記著，挫折的目的是推動故事向前——讓讀者翻頁看下一個場景。因此，場景的挫折應該要盡量簡短，但不要太短。如果能用一句話寫完，很棒。如果要寫一整段，也OK。如果要寫好幾段，就沒那麼好了。試試看吧！

然後呢？

主動式場景結束了，然後呢？

讀者翻到下一頁，因為她想知道 POV 角色有什麼反應。

下一個場景有三個很不錯的選項：

- 在下一個場景裡，轉到新的 POV 角色，換一條故事線，提升懸疑的程度。剛看完這個場景的讀者放不下對 POV 角色的擔憂，那就太好了。讀者的腦袋裡留下開放迴路。你之後一定有機會繼續這條故事線。
- 讓同一個 POV 角色快速決定新的目標，立即開展新的主動式場景。下一個目標很明顯的話，也許可以很快做出新的決定，就很適合這個做法。衝吧！
- 讓同一個 POV 角色多花一點時間思考接下來怎麼辦。下一個目標不明顯，需要好好思考下一個目標的話，可以用這個方法。如果你決定走這條路，你要知道怎麼寫反應式場景。我們會在接下來的四章裡解釋。

第三部 反應式場景

第十章　反應式場景的心理學

前四章深入討論了主動式場景，以及這種場景如何打造出讀者的情緒肌肉——持續鍛鍊 POV 角色的情緒肌肉，逐漸提高強度，直到力竭。

現在要來看反應式場景。這種場景也會積累情緒肌肉，但方法不一樣——給 POV 角色休息和恢復的時間。

兩種場景都有必要。

反應式場景的脈絡是前面某一個主動式場景的挫折。挫折給角色壓力，要她放棄。反應式場景則給角色不要放棄的理由。

讓我們回憶一下，反應式場景有三個要素：

1. 反應
2. 困境

3.決定

讓我們來細看每項要素，了解其必要性。

反應式場景為什麼需要反應？

提到反應時，基本上就是情緒反應，當然也可能有一點理智的反應（「我不相信會有那種事！」）；可能有一點生理的反應（「好痛，我全身都痛！」），但重點仍在情緒反應。

人類都有情緒。生活給我們重重的打擊，我們覺得難受。你的角色剛碰到重大的挫折，會感到痛苦萬分。她需要用一點時間來感受疼痛，度過痛苦。不然，她就不像一個人了，讀者不會跟她產生共鳴。

讀者想代入你的角色，感受她的痛苦，同情她的遭遇（除非讀者是心理變態，沒有同理心）。所以說到反應，你會挑動讀者的各種情緒。我無法一一列出，因為那完全要看你所設定的挫折是什麼。反應應該要展現與挫折相稱的任何情緒，情緒的力道應該要適合這個角色。下一章會舉一些例子。

最後，情緒反應會燃燒殆盡，這時就該前進了，但你的角色該往哪裡走？

反應式場景為什麼需要困境？

你的角色碰到了困境。如果前一個主動式場景中的挫折寫得很好，就沒有任何好的選項。

如果只有壞的選項，問題來了，壞選項中，最不壞的是哪一個？

這就需要你的角色把情緒暫放一旁，盡力理性思考。想想看，能完全把情緒暫放一旁的人少之又少。我們的推論常常會混入一些情緒。行銷人員很懂這一套，花招很多的行銷人員更能引導你用情緒作出決定，並給你一堆理由，指出那個決定為什麼很「聰明」。機巧的作者也可以把這個做法套用到角色上。

但你的困境至少要看起來合乎理性。如果你的角色是神探福爾摩斯，那他的推理幾乎脫離不了理性（福爾摩斯當然也有情緒）。如果你的角色是教父個性魯莽的兒子桑尼．柯里昂（Sonny Corleone），那他跟理性幾乎沾不上邊（但桑尼不發脾氣的時候，也可以聽得懂邏輯）。

不論你的角色是誰，在場景的困境裡，他都會相信自己很理性。這就是關鍵所在。角色的推論或許很健全，或許有謬誤，他都認為自己的推論合理。

在處理困境的時候，重點就是把選項限縮成只有一個。

反應式場景為什麼需要決定？

在真實生活中，我們常常對決定置之不理。我們決定不做決定。但內心深處，我們知道那是假的。那不是良好的生活方式。我們不讚賞不做決定的人。

我們欽佩果斷的人。

我們想要變得果斷。

所以我們想看行為果斷的人，因為我們可以藉此累積情緒肌肉記憶。

讀者支持角色做決定。不是壞決定——那不值得讚賞。不一定是好的決定——角色被困在箱子裡動彈不得的時候，好決定只是奢求。

讀者只希望在有選擇的時候，角色能做出最好的決定。

讀者也不希望角色猶豫不決。

讀者希望角色能平復痛苦、檢視選擇、清楚思考、做下決定，讓故事繼續下去。

關於反應、困境和決定的建議

用自然的速度結束反應。速度端視你的角色是誰，碰到的挫折有多艱難。不要快到失去人味，也不要一直耽溺在挫折裡。

場景的篇幅應該分一大半給困境。你的角色要輪流考慮並推翻每個選項，直到只剩下一個。慢慢來，花時間公平處理每一個選項，但不要浪費時間。讀者翻開這本書，並不是為了考驗自己的智力，來處理書中的困境。她可能正不耐煩敲著桌子，等你移到下一個主動式場景。

角色檢視一連串的選項，刪減到只剩一個，那就是決定。她必須確認這個決定至少有一定成功的機會。她不需要確切知道該怎麼辦——那是下一個場景的事。

一個決定只有在你的角色做出決定，才算是真正決定。一旦角色下定決心了，場景就結束，要換下一個場景了。

但是，你真的需要反應式場景嗎？

反應式場景通常不像主動式場景那麼緊張。以現代趨勢來說，反應式場景愈來愈少了。所以你在這裡可以選擇：

- 你可以選擇將反應式場景展現成充實細節的場景。
- 你可以選擇用一兩段敘述性的摘要，來訴說反應式場景。
- 你可以選擇跳到下一個主動式場景，讓讀者自己推論反應式場景中的情節。

你會怎麼決定？讓故事的步調來引導你。

反應式場景會放慢故事的步調。如果你希望故事的步調超快，就別浪費篇幅在反應式場景上。如果你希望故事的步調很悠閒，就完整地展現每一個反應式場景。

如果選擇不寫出完整的反應式場景，你依舊得在心裡知道角色有什麼反應、困境是什麼、決定是什麼，以及那個決定為什麼是最好的選項。

如果選擇要寫反應式場景，就遵循正確的順序。先是反應，因為情緒勝過了理智，至少要把情緒消耗殆盡。第二則是困境，因為理智來得比情緒慢。最後則是決定，因為只要有了決定，場景就結束了。

一個決定會督促讀者翻頁，去看看決定有沒有用。其中的心理跟主動式場景很像。同樣地，你在讀者的腦袋裡創造了開放迴路。這個高風險的決定行得通嗎？抑或只讓事情更糟了？別忘了，建立開放迴路時，讀者等到迴路封閉才能歇息。即使現在是凌晨三點，讀者也得持續翻頁，看看之後發生了什麼事。

第十一章　如何創造勁爆的反應

快速回顧一下前面的內容。

我們說了好幾次，故事裡的場景本身必須是個微型故事，有開頭、中段和結尾。反應式場景一開始的元素就是反應。跟主動式場景一樣，你應該盡快指明 POV 角色，最好在第一句就指出來。你也應該盡快展開反應。

那麼就有很明顯的問題。

你怎麼知道反應好不好？

反應應該要能給讀者強烈的情緒體驗。做法並不是「明白說出」角色體驗到的情緒，而是要「展現」這些情緒。讓讀者「感受」這些情緒。

⊙ 反應應該要展現出角色的情緒

可是，該怎麼做？

我們馬上就會看一些範例，但關鍵是展現出角色感受的生理反應。她在哭嗎？笑？臉紅？憤怒握拳？展現這些動作，就不需要說角色很難過、很快樂、很尷尬或很憤怒。

小說作者展現角色情緒的過程並沒有標準的術語。在我的著作《小說寫作天才班》（*Writing Fiction for Dummies*）裡，我採用的說法是「內心情緒」。

展現內心情緒的技巧不勝枚舉，我無法在這裡全部涵蓋。這個主題都能寫成一本書了。我在《小說寫作天才班》裡提到了一點點，但我強力推薦瑪姬・羅森（Margie Lawson）的課程《為角色的情緒賦予力量》（*Empowering Characters' Emotions*），可以到她的網站 www.MargieLawson.com 購買。我也很喜歡安琪拉・艾克曼（Angela Ackerman）和貝嘉・帕莉西（Becca Puglisi）寫的《情感類語小典》（*The Emotion Thesaurus*）。

⊙ 反應應該符合角色的個性

有些人就是不太情緒化，但有些人的情緒儀表卻時時衝到最高。

不同的人會用不同的方法表達情緒。

對每個 POV 角色，你都需要推敲他們的性情如何，確定他們的情緒反應符合他們的身分。《飄》（*Gone with the Wind*）的郝思嘉（Scarlett O'Hara）反應不會跟《完美嫌犯》（*One Shot*）的傑克李奇（Jack Reacher）一樣。郝思嘉很情緒化，傑克李奇不是。兩人都會感受到痛苦、喜悅、難堪、愉快、恐懼、憎惡和難過，但他們各有表達方式。

你的每個角色也都有自己獨特的方式。找出是什麼方式，並保持一致。

⊙反應應該能反映角色的價值、抱負和故事目標

在第七章，我們討論過價值、抱負和故事目標。這些要素是角色的驅動力，決定 POV 角色在主動式場景裡有哪一種目標。POV 角色因為挫折而受到打擊的時候，這些價值、抱負和故事目標很有可能也會左右她的反應。這並不是絕對的因素，但有時會造成影響。

⊙反應應該要跟挫折等比例

小小的挫折表示反應不大。你或許能一句話或一段文字就結束反應。

重大的挫折表示反應激烈。你或許要用幾頁的文字來處理所有的感受。

依照我的經驗法則，反應像鹽——一點點就可以用很久。反應絕對會為你的故事添加一些有力的好東西，但也要知道物極必反，所以不要因為反應而失控。處理好反應之後就繼續前進，免得讀者覺得演過頭了而感到厭煩。

反應式場景的幾個範例反應

展示反應的理論應該夠了。在前面的章節，我們看過三部暢銷小說裡主動式場景的目標、衝突以及挫折／勝利。現在來看後續反應式場景裡的反應。

範例一 《飢餓遊戲》反應式場景裡的反應

《飢餓遊戲》的第十四章結束時，凱妮絲帶著得來不易的弓箭，逃離比德跟卡圖。視線模糊的她狂奔一陣，但變種大黃蜂毒液造成的幻覺讓她再也跑不動，暈倒在地。

第十五章開始時，她醒過來了。

這裡有一段敘述性摘要，時間在其間流逝，一切感覺像在雲裡霧裡，也就是一個人恢復意識時該有的狀態。就一段。

然後我們看了兩頁的內心情緒，凱妮絲的身體慢慢回復正常，正常到能感覺疼痛，開始解開她需要處理的情緒。

她全身都在痛，而且濕透了，想勉強自己起身卻動不了。

凱妮絲覺得全身僵硬，納悶自己暈過去了多久。她想，至少一天吧，或許超過一天。

她覺得整張嘴都發臭了，正常的感覺逐漸回來。

她回想起在家的時候，記起參加遊戲前的情景，夢想著跟好友蓋爾（Gale）逃離乏味的人生。但想到蓋爾，就會想到救了她的比德。他為什麼要救她？凱妮絲開始恢復理性思考，但她仍想不通為什麼比德會救她。

最後她想起來拿到了弓箭，她很興奮。箭術是她的超能力，她有機會了！

凱妮絲真的感受到了希望。

小說來到這裡，她的反應結束了。來檢查一下我們的注意事項吧：

- 反應是否用內心情緒的方法展現凱妮絲的情緒？是，除了第一段以外。
- 反應是否符合凱妮絲的性格？符合，所有的反應都是典型的凱妮絲。她感覺到疼痛，然後轉向理性。

- 反應是否符合她的價值、抱負和故事目標？符合。必須從疼痛開始，但不久就轉變成倖存者的情緒。她的一個主要價值是活命最重要。她不會在疼痛裡拖時間。她正從疼痛中走出來，她看到了新希望。她說不定會贏。
- 反應的程度跟挫折相稱嗎？相稱。挫折很嚴重——她差點死於變種大黃蜂的毒液。反應也很長，幾乎占滿三頁的篇幅。

範例二
《異鄉人》反應式場景裡的反應

上次提到《異鄉人》的時候，克萊兒剛被虐待成性的藍鐸上校在肚子上重重打了一拳。克萊兒在恢復的時候，押送她的道格爾．麥肯齊跑到樓上上校的房間裡，對著他大吼大叫。

一開始，克萊兒只感覺到生理上的疼痛，她慢慢啜飲著牛奶，開始感到舒緩。然後她必須面對心理的疼痛。藍鐸上校跟她的丈夫法蘭克長得幾乎一模一樣。所以在她心裡，彷彿一直信任的人打了她，她要花比較久的時間才能平復。

但克萊兒還不知道她惹上了什麼麻煩。道格爾知道，但他還沒說出來。他帶她離開客棧，找到一處泉水，給她喝了水，告訴她藍鐸上校的故事。

幾年前，藍鐸上校兩次下令鞭打克萊兒的朋友傑米．弗雷澤。第一次非常狠，差點打死他。第二次一樣糟糕，就在第一次過了一星期後。

克萊兒透過道格爾的眼睛體驗了這個故事，很殘忍。

這是背景故事，但有必要講述。

最後，道格爾告訴克萊兒，藍鐸上校已經下令，下個星期一，克萊兒．博尚人必須到威廉堡報到。

克萊兒差點暈了過去。她是該昏倒，因為現在她終於知道自己在對抗什麼。

所以，發生了什麼事？這裡有兩個反應式場景嗎？

這有點複雜，我的解讀如下：

黛安娜．蓋伯頓寫這些場景時，並非主動式場景後就跟著反應式場景。她把主動式場景的結尾和反應式場景的開頭組合在一起。

主動式場景的挫折分兩部分。挫折的第一個部分是毆打，接下來是克萊兒的反應。然後是傑米的背景故事，不算是挫折，也不是反應。只是背景故事。再來是挫折的第二個部分，前往威廉堡的命令，以及克萊兒的反應。

注意，困境還沒出現，也沒有決定的跡象。這兩個接下來才會看到。

再拿這些反應來核對我們的注意事項吧：

- 反應是否用內心情緒的方法展現克萊兒的情緒？是，有一點。在第一個反應裡，我們看到克萊兒的雙手發抖，感覺得到她的憎惡。我認為，多一點情緒也不會不恰當，但我們已經看了好幾段文字，感覺夠了。在第二個反應裡，我們看到她快昏倒了。再過幾個短短的段落，她恢復了。
- 反應是否符合克萊兒的個性？符合。跟別人比，克萊兒挺堅強的。她跟著當考古學家的叔叔長大，住在原始的地方，要處理危機。她懂得兵來將擋，水來土掩。
- 反應是否符合她的價值、抱負和故事目標？不怎麼符合，不過在這個範例裡，很難看出這三個要素對她的反應有什麼影響。在她的反應中，她其實沒想到這幾樣東西，因為這些要素在這個場景裡沒什麼作用。
- 反應的程度跟挫折相稱嗎？大致上相稱。肚子上挨了一拳可能要用比較長的時間復原，對身體可能造成永久傷害。但聽到過幾天要去威廉堡再見到藍鐸上校就差點暈厥，貌似合乎情理。

範例三

《教父》反應式場景裡的反應

麥可．柯里昂碰到的挫折是貪汙的警長往他臉上狠揍一拳。麥可的反應只寫成短短幾段文字，但極為有力。

有一段訴說那一拳下去時他的感受，很值得完整收錄在此，因為既簡短又精確：

> 他想避開，但拳頭猛烈擊中了他的顴骨。就像有顆手榴彈在他的頭顱裡爆開。他滿嘴是血跟硬硬的小骨頭，他發現那是他的牙齒。他可以感覺到頭的一邊膨脹了起來，就像充了氣。雙腿失去了重量，要不是兩個警察抓著他，他應該會倒下去。

接著是簡短的插曲，用了幾個段落，他父親的律師帶著有持槍執照的人來了。律師問麥可要不要控告打他的人。

再來則是麥可反應的後半部，讓我們看清楚他的個性。麥可幾乎說不出話來，但他拒絕提告。他宣稱是自己滑倒在地。他不肯讓別人看到他有多痛。他知道警長覺得他很軟弱。這一段也很值得引用，非常明確地濃縮進不多的字數裡：

他看到警長投來勝利的一瞥，而他想微笑以對。一股耐人尋味的酷寒控制了他的大腦，暴起的冰冷恨意遍布他的身體，而他願意不惜任何代價掩藏這些感覺。他不希望這個世界上有任何一個人警覺到他在這一刻的感受。這是教父的做法。然後，他感覺到自己被抬進醫院，他昏了過去。

上面引用的這兩小段是麥可反應的核心。跟我們的注意事項對比一下吧。

- 反應是否用內心情緒的方法展現麥可的情緒？絕對有。讀者清清楚楚感受到那一拳，也感受得到麥可冰冷的憤怒。
- 反應是否符合麥可的個性？符合。前面我們看到一些線索，麥可是教父三個兒子裡最強悍的，最像他的父親。現在我們看到證據了。麥可的哥哥桑尼會氣昏了頭，當場反擊，然後因為攻擊警官而被當場擊斃。麥可另一個哥哥弗雷多（Fredo）則會崩潰，無助傷心地啜泣。麥可的反應跟父親一樣，掩蓋自己的憤怒，等待時機，已經計畫起復仇行動。他的家族相信西西里人就該有這些行為反應。

・反應是否符合麥可的價值、抱負和故事目標？符合。麥可在這裡有兩個價值。第一，生存最重要。因此他不想立刻報復，不然只會死在當場。第二，榮譽最重要。麥可的榮譽剛剛遭到玷辱，也已經在想要怎麼報復，找回他的榮譽。

・反應是否與挫折相稱？是，雖然反應的篇幅很短，但張力極強。

反應之後則是困境

我們現在看過三個範例場景的反應，執行手法不同，但都顯露了角色面對重大挫折的情緒反應。

但是除了反應以外，場景還有其他東西。情緒反應只是反應式場景的開始。

我們的角色會如何主動回應？

我們還不知道。

我們的角色也還不知道。

他或她要去想辦法，這是重大的困境。

接下來就討論困境。

第十二章　如何創造出勁爆的困境

寫完反應後，你就真的上路了。你在這個場景裡要說的微型故事從反應開始，現在則要到篇幅較長的中段。

反應式場景的中段是困境。困境為故事的嚴峻考驗鋪陳現狀，要角色做出決定。不能隨便決定，要做好的決定。不過，看起來好決定並非唾手可得。

POV角色在這個場景裡只有一個任務，就是在一大堆壞決定裡找到一個好決定，來解決困境。你要小心，牢記著角色的長處跟弱點。

神探福爾摩斯能快速考慮每個選項，毫無瑕疵，拒絕一個又一個壞點子，直到只剩最後一個好點子，成功率最高的點子。

另一方面，《頑童歷險記》裡的哈克（Huck Finn）就沒那麼精明。他很有可能否決完美的計畫，採用壞的做法，因為他不懂事。

不論如何，這是一個機會，能凸顯POV角色的推理能力。如果你需要一個不怎麼精明的

POV 角色，想到真的很聰明的方法來解決當前的困境，可以在場景裡給他一個腦子轉得比較快的搭檔。

困境的模式

困境的經典模式相當簡單：

- 你的 POV 角色考慮可行的計畫，來達到下個主動式場景中的目標。
- 她考慮了優勢，可是又看到那條路非常危險，所以她駁回了念頭，或暫停行動。
- 重複這個循環，直到你準備好選擇一個選項。

注意，POV 角色不會真的執行這些選項。還沒開始。現在不是行動的時刻，這時要深思熟慮，規畫策略。

你可以按著你的心意，讓角色考慮各種選項，有時候可能只有兩個，有時候可能有好幾個。儘管可能的選項不勝枚舉，但你的場景可不能納入數不清的字數，所以你可以把選項歸併成少數幾個概略的行動方針。挑一個看似最容易的，然後推論出為什麼是壞決定。然後換下一個，再下一個，直到你每個選項都梳理過為止。

以上是經典模式。

但你不一定要用經典模式，還有其他的方法來寫困境。下面有兩個作法：

- 有時候，POV 角色不用負責困境最難的部分。場景中可能有另一個經歷過困境的角色，他來告訴你的 POV 角色必須做哪個決定就好。在餘下的場景裡，你的 POV 角色盡力反對那個恐怖、可怕、愚蠢的決定。反對並失敗，因為到頭來，那顯然是最好的決定。
- 有時候，POV 角色看似什麼都做，就是不思考她的困境。但她其實在思考。思考不一定要是有意識的思考。身體在動的時候，潛意識也在動。我的正職工作是計算物理學家，工作多年來，很多難解的問題都在我出去散個步、除除草或砍砍柴之後找到解決方法。

在我們的範例裡，我們會看到三個主角都採取了行動。凱妮絲付出體力解決困境；有人把解決辦法交給克萊兒，讓她怒罵這個做法有多蠢；麥可則以冷冰冰的邏輯處理自己的困境。

如果你的困境很弱，怎麼辦？

如果 POV 角色能選擇的行動很清楚，一看便知，可能根本不需要反應式場景。沒有困境，就不需要反應式場景。

但如果沒有困境，那可能是前一個主動式場景裡的挫折強度不夠。你給 POV 角色的約束太少，是不是虧待了讀者？要不要回到前一個場景，讓挫折更艱難一點？

這是主觀判斷，我不能給出適合所有情況的答案。如果你覺得這裡需要有力的反應式場景，加強困境唯一的方法就是強化前一個主動式場景裡的挫折。但你也可以選擇略過反應式場景，直接移到下一個有「明顯」決定的主動式場景，就看你怎麼想。

不要拖延無力的困境，讓 POV 角色笨到無法立即看到那麼明顯的選擇。這只是在拖時間，讀者一定會不耐煩。如果困境很弱，你找不出加強力道的方法，就別拖了，趕快做決定。

花了一頁又一頁的篇幅描述困境為什麼讓人左右為難的時候，這些為難的局面必須真的很難解。

那麼，何必花時間在困境上呢？

困境會放慢故事的速度。困境中沒有新鮮事，只是眾人聊一聊他們可以做什麼。

所以，為什麼要費心寫困境？

有一個很重要的理由：困境讓我們更認識你的 POV 角色。真的很好的困境通常真的很好，因為正是 POV 角色的隱憂——深刻印在靈魂裡的矛盾。

經歷角色的困境時，我們看到她是什麼樣的人。在她的一生中，或許她堅信的兩種價值彼此衝突，但她沒有細想過其中的矛盾。可是當她孤注一擲的時候，她會認定哪一個價值「更真實」？

記住故事的功用。故事教部落怎麼生存、故事讓部落活下來、故事教部落繁盛的方法。故事迫使部落做出決定，看著決定把他們帶到哪裡，達到以上功能。

做出正確的決定，故事就能讓部落看到為什麼那是正確的決定。

做出錯誤的決定，故事就能讓部落看到為什麼那是錯誤的決定。

並不表示正確的決定很容易，一點都不簡單。

那就是為什麼我們需要故事——它給我們情緒肌肉記憶，艱難地做出正確的決定，而不是輕鬆做出錯誤的決定。

反應式場景的範例困境

現在，在我們討論過的反應式場景中，來看看 POV 角色面臨的困境。

⊙範例一：《飢餓遊戲》反應式場景裡的困境

被變種大黃蜂螫了三次的凱妮絲活下來了，也終於醒過來。她發覺既然有了弓箭，她就有一線勝利的希望。但一線生機不是辦法。凱妮絲要有計畫，她可以怎麼辦？

她狀態不太好，想不出辦法。變種大黃蜂的毒液令她大傷元氣，腦袋裡一團亂。她只是還沒死，苟延殘喘。

但她的潛意識已經開始思考。我們看不到，但我們可以看到她從瀕死狀態慢慢恢復。

她找到水，淨化後把自己洗乾淨，也處理了燒傷。她射了一隻野鳥，開始用小火烤炙。

她聽到聲響，急急轉身發現有人來了，發現她並不孤單。個子最小的貢品，十二歲的小芸（Rue）站在那裡看著她。凱妮絲要殺掉小芸也不難，但她卻要求結盟。

小芸大吃一驚，大家都覺得她一無是處。但凱妮絲看得到她的價值，她覺得在對抗專業貢品時，小芸可以幫忙。

小芸有一些藥草，能治療變種大黃蜂的毒液。她在凱妮絲的螫傷處敷了一些，凱妮絲立刻覺得好多了。凱妮絲拿出藥膏來治療小芸的燒傷。兩人的結盟已經看到成果了。

凱妮絲有新鮮的肉，小芸有可以吃的根莖和莓果，兩人飽餐一頓後開始聊天。

小芸說她在背包裡找到的「太陽眼鏡」其實是夜視鏡。她也告訴凱妮絲，比德不是假裝愛上了她，他真的很愛她。

然後小芸說出的關鍵訊息讓凱妮絲必須做決定。她說，專業貢品在湖邊的營地藏了一大堆食物。他們需要藏在那裡，因為他們跟凱妮絲和小芸不一樣，不會打獵或採集。如果專業貢品的食物吃完了，他們就活不了多久。

凱妮絲的大腦急速運轉，找到了她想要的決定。這一章結束時，讀者並不知道計畫的內容，但知道凱妮絲想到辦法了。

來分析這個困境吧。發生了什麼事，填補了反應和決定之間的鴻溝？

凱妮絲找到了盟友，盟友具備她缺乏的知識。兩個女孩結盟對抗專業貢品，共享她們的藥物，共享她們的食物，共享她們的知識。

她們違反了飢餓遊戲的整體精神。

飢餓遊戲的重點就是要讓每個行政區拚個你死我活。毀滅信任，讓他們不會聯合起來對抗都城。

專業貢品的聯手不違反這個精神，因為他們能稀釋群體力量。但專業貢品不會跟其他專業貢品當朋友，他們一定是臨時的盟友。

凱妮絲跟小芸不光是盟友，她們還是朋友。

在整部小說裡，凱妮絲都在跟兩種價值搏鬥。家庭最重要。生存最重要。

小芸不是凱妮絲的家人，但她讓凱妮絲想到自己的妹妹小櫻（Prim）。小芸有人性，她人很好，凱妮絲實際上也把她當成家人了。

凱妮絲知道她跟小芸不能一起活下來。

但她不管了，做出正確的選擇。

符合人性的選擇。

那個選擇正是人類得以存活數萬年的因素。

她跟陌生人組成社群。

如此一來，她想到的辦法就是她自己一個人做不到的。她需要小芸幫忙達成目標。她需要小芸手上的物品跟小芸的知識。

到了這一章的結尾，凱妮絲有了計畫，做出決定。我們不知道是什麼決定，但稍後就會看到了。

⊙範例二：《異鄉人》反應式場景裡的困境

克萊兒剛遭受了雙重挫折——藍鐸上校在她肚子上猛擊一拳，然後聽說他要她星期一到威廉堡報到。她該怎麼辦？

克萊兒真的完全被困死了。如果星期一去見上校，她可能會被關進英國人的監獄，老死在裡面。如果她想逃，押送她的蘇格蘭人道格爾跟手下會追捕她。如果她想辦法說服他們幫她逃跑，就是要他們幫她一個異鄉人去藐視英國人的命令。

解決克萊兒問題的辦法來了。

克萊兒是英國女性，必須遵守英國法律，聽從英國軍隊的命令。但她住在蘇格蘭，蘇格蘭人只要不是罪犯，便不受制於英國的法律。

克萊兒必須變成蘇格蘭人。

要變成蘇格蘭人只有一個方法，就是跟蘇格蘭人結婚。

克萊兒什麼都不知道，她不可能曉得遊戲規則。她來自一九四六年，而這裡是一七四三年。

但道格爾．麥肯齊知道規則，他想克萊兒的問題也想了好幾個星期。

道格爾有另一個問題。傑米．弗雷澤是他的外甥，膽子很大的年輕人，有魅力又受歡迎，也是出色的戰士。傑米住在領主科勒姆的城堡裡，道格爾是科勒姆的弟弟，傑米有可能威脅他們的政治地位。道格爾跟科勒姆知道傑米或許有一天會用計勝過他們，奪得宗族的控制權。但如果傑米跟異鄉人結婚，他就永遠無法得到族人全心的信任。對宗族來說，他也有點像外人了。

道格爾和科勒姆要傑米娶克萊兒，可以解決他們的問題，傑米不再是政治對手，也可以解決克萊兒對抗藍鐸上校的問題。

那就是道格爾施加在克萊兒身上的決定。

他向她解釋了事態。

克萊兒不怎麼喜歡這個決定，斷然說她做不到。

她的意思是，她已經跟法蘭克．藍鐸結婚了，他是二十世紀的人，現在還沒出生。但她不能解釋這件事，沒有人知道她來自未來。

所以，當道格爾問她為什麼不能結婚，又直接了當地問她丈夫是否還在世，她只能說不是。然後道格爾都幫她安排好了，她必須成為蘇格蘭人。如此一來，他就可以拒絕在星期一的時候把她送到藍鐸上校那裡去。

除非她寧可進英國的監獄。但道格爾先打下很好的基礎，細說藍鐸上校二次下令鞭打傑米的殘忍過程。

這是藍鐸上校的角色設定——徹頭徹尾的惡毒。

也是傑米的角色設定——他不畏艱難。

如果克萊兒嫁給傑米，他會盡一切力量保護她。

克萊兒其實很喜歡傑米。他知書達禮，親切誠懇，又是性感男神。雖然他比克萊兒小幾歲，但也不算太大的差距。

事實在於，克萊兒仍想回到一九四六年。穿過石陣就可以回去，傑米可以把她帶到那裡。想了又想，克萊兒發覺自己別無選擇。感覺到抗拒開始崩解後，她要求跟傑米談話。他被逼著娶她，也該聽聽他的說法，對不對？

但傑米很樂意娶她。

在萬不得已之下，克萊兒問傑米是否在意她不是處女。

傑米只咧嘴一笑，說他不在意，只要她不在意他是處男就好。

克萊兒萬萬沒想到。她知道傑米在法國軍隊待了兩年，怎麼可能還是處男？她不知道該說什麼，只能沉默不語。

弱弱地使出最後一招以後，克萊兒沒有其他選項了。

來分析這個困境吧。這是一個很好的例子，POV角色無法自行找到解決困境的方法。克萊兒對英國和蘇格蘭的法律所知不多，看不到僅有的做法。她也無權強迫傑米要跟她結婚。

所以，道格爾在這裡擔起導師的角色，帶著克萊兒分析困境，引導她走向解決之道。這不是道格爾自己信手拈來的辦法。他哥哥科勒姆比較聰明，幾個星期前就給了他這個想法。道格爾只是適時執行科勒姆的計畫。

這個辦法行得通，因為克萊兒沒有更好的選擇。傑米有選擇，他可以拒絕，道格爾可以把克萊兒嫁給另一個人。但大家萬萬沒想像不到傑米心裡的想法。

傑米愛上了克萊兒。愛到發狂，愛得不由自主。他對她基本上是一見鍾情。

傑米並非被迫結婚。他是出於自由意願。

克萊兒則是被迫結婚，但她不會後悔。

⊙範例三：《教父》反應式場景裡的困境

麥可・柯里昂才被受賄的警長狠揍一拳。麥可沒有還手，不然就死定了。他也不想提出告訴，不然這些法律走狗就有立場採取報復。

麥可把復仇的重擔扛在自己的肩膀上，但想要復仇並不等於知道怎麼報復。麥可要怎麼還擊那個壞警察？

麥可還不能行動，因為他昏了過去，躺在醫院裡。但第二天早上，父親的軍師湯姆・海根（Tom Hagen）叫醒了他，海根帶他回到戒備森嚴的家族大屋，把最新的情況告訴他。

真相一：揍了麥可的警察絕對有事，絕對拿了索拉索的錢，索拉索派人暗殺老教父。打他的人是麥克勞斯基（McCluskey）警長。

真相二：柯里昂家族剛做掉了布魯諾・塔塔奇利亞（Bruno Tattaglia），他的家族是索拉索的贊助人。這是為了報復他們暗殺老教父，從此，敵對的兩個家族開始漫長的戰爭。

真相三：老教父的得力助手、殘暴的殺手路卡・布拉茲（Luca Brasi）死了——在老教父中槍前那一晚遭人殺害。路卡是柯里昂家族的王牌武器，現在沒了。

真相四：索拉索要求會面，在柯里昂家族裡，他只信任麥可一個人。他保證麥可會平安無事，他說他提的交易非常好，好到柯里昂家族絕對不會拒絕。他宣稱雙方已經打平，因為他的盟友布魯諾．塔塔奇利亞死了。血債血還。他希望大家都能聲明既往不咎，繼續過日子，不要掀起血腥的戰爭。

麥可回到家，便立刻加入了緊急會議，與會者有他主張暴力的哥哥桑尼、父親的軍師海根，以及父親的兩名得力助手。

議題是怎麼回應索拉索。

這是很重大的困境，因為索拉索派人暗殺老教父，現在卻主張他想要停戰？能信任他嗎？另一方面，柯里昂家族能跟他鬥嗎？還是應該伺機而動，派麥可跟他會面，同時緊縮開支準備全面開戰？但是，會不會因此給索拉索更多時間，再度試圖暗殺老教父？

會議的目的在於逐步解決困境。

湯姆．海根開口了，他說柯里昂家族至少該聽聽看索拉索的交易內容。為什麼不聽？說不定還不錯。

桑尼氣壞了。不需要開會、不需要停戰，他要下最後通牒。柯里昂家族應該要索拉索人頭落地，不然就要跟他的贊助人塔塔奇利亞家族開戰。

但這個主意太糟了，海根立即解釋了理由。索拉索買通了麥克勞斯基警長來當他的保鑣。他們要殺索拉索，就一定會碰到麥克勞斯基。殺死紐約市的警察，家族的生意絕對也毀了。整座城市會掀起正義的怒氣，斥責柯里昂家族。桑尼的想法不切實際。

麥可問能不能把父親從醫院帶回來，得盡快把他安置在安全的地方。如果把他帶回家，能爭取一些時間。只要老教父在醫院裡，索拉索跟麥克勞斯基就有機會動他。

但是那也行不通。桑尼說，父親的傷勢太重，不能移動。醫生說搬動他就會害了他的性命。

麥可挑明了，他們得殺了索拉索。索拉索不能信任，他會再度想辦法暗殺老教父，下一次他有可能成功。這不是選項。必須立刻殺掉索拉索。

其他人明白他的邏輯，但這還不是決定。等這群人決定誰去殺索拉索，以及動手的時間跟方式，這才算是決定。

有個起頭了，但困境仍擋在他們面前。

桑尼指出暗殺索拉索的阻礙——麥克勞斯基警長是他的保鑣。

麥可說如果要殺索拉索，那也要殺麥克勞斯基。這很激進，沒錯。但麥克勞斯基是個腐敗的警察，當紐約人發現這個死掉的警察拿了黑手黨的錢，他們正義的怒氣會立刻煙消雲散。沒有人喜歡腐敗的警察。

但這還不是決定。

誰來殺死索拉索跟麥克勞斯基？

麥可現在儼然是會議的主席了。他說，索拉索已經要求跟他會面，他是麥可．柯里昂，桑尼心軟的小弟弟、正直坦率的海軍陸戰隊員、常春藤聯盟的大學生、柯里昂家族裡的外人。

麥可問了，那麼，要是他去見索拉索呢？當然不會帶槍，他們會搜他的身。他什麼都不會帶，不過家族會想辦法在會面時弄把槍給他。然後他就對著索拉索和麥克勞斯基開槍，這個想法怎麼樣？

桑尼嘲笑他，太蠢了。如果射殺紐約市警察，他得上電椅。不論如何，他知不知道這不像戰爭，不是遠距離射擊？要做掉一名黑手黨成員，你會把槍抵在他頭上，扣下扳機，你整潔的西裝上會噴上鮮血跟腦漿。桑尼笑到停不下來。

但麥可沒笑，他很認真。麥可知道大家都以為他很軟弱，這種不公平的評語卻是麥可的優勢。因為麥可一點都不軟弱，他很有種。要捍衛老教父，也只能靠這個兒子了。在麥可靈魂深處，有塊如鋼鐵般冷硬的地方。

這就是邏輯而已。要殺死索拉索，那麼就得殺麥克勞斯基。麥可做得到，因為敵人以為他沒膽。沒有人能離索拉索那麼近，近到可以幹掉他。只有這個辦法了，麥可自願承擔。他無妻無子，所以如果要逃亡躲藏十年的時間，他義不容辭。

從家族的觀點來看，真的也只有這個辦法。

現在，來分析這個過程。他們把困境當成邏輯問題來抽絲剝繭。可以試試看這個選項嗎？不行，因為這個理由。這個選項呢？不行，因為這個理由。到最後，只剩下一個選項。

風險很高。

孤注一擲。

但只有這個選項符合在場這些人的目標、抱負和價值。你可能想提出反對意見，這個決定爛透了，因為這個決定不符合你人生的目標、抱負及價值。也不符合我的。不過，《教父》並不是一群好人的故事。

你不需要認同《教父》裡的角色，

但你了解他們的目標、抱負和價值後，你就能了解他們。甚至會同情他們。

你可以跟隨他們走上這段你個人永遠不會啟程的旅程。

麥可有兩個互斥的價值。做對的事最重要。家庭最重要。故事到目前為止，他一直秉持的價值是「做對的事」，但現在他的態度改變了。家族從未碰過存亡危機。

現在，家族陷入險境，麥可的真實價值浮現了。從現在開始，家族最重要。柯里昂家族。

問題從第一章便隱現了，現在有了解決辦法。老教父老了，長子桑尼只懂恃強凌弱，不適合繼承他的位置。次子弗雷多個性太軟弱。小兒子麥可則太誠實。

等教父退隱或過世，誰是下一名教父？

麥可做了決定，我們也好像有了答案。

結束意味著新的開始

困境結束時，有了決定，會帶我們開展下一個場景（如果你的故事有好幾條線織在一起，也有可能是往下走遠一點的場景）。

困境通常比較占篇幅，決定則一下就結束了。

在下一章，我們會研究怎麼把決定打包得漂漂亮亮，來結束你的反應式場景。

這並不複雜，但你必須用對方法。接著看下去吧。

第十三章　如何創造出勁爆的決定

現在反應式場景寫得差不多了。困境用掉了場景的大部分字數，場景也要結束了。你從困境中選擇一個選項，然後努力去達成。

好決定的要素是什麼？

先說清楚——你的 POV 角色通常沒有好的選項。她只有壞選項，跟沒那麼壞的選項。所以提到「好決定」，並不是指對角色有益的事物。我們指的是對故事有利的做法。

我不想給本書讀者強加許多嚴格的規則，因為小說不是對號繪畫（paint by number），按數字填顏色就可以完成。但有些經驗法則可以引導你，判斷你的決定是否有力——能帶給讀者深切的情緒體驗：

- 運用西洋棋的規則。下棋的時候，如果能強迫對方直接下子，對手的選項變少，你也更容易預判他的做法。小說也一樣。角色的做法大膽而獨斷時，在故事裡就能占上風。
- 這個決定會變成某個未來主動式場景的目標，所以按我們在第七章列出的準則來看，必須是好目標。簡言之，那個目標需要符合後續場景的可用時間，做得到但有難度，也要與角色的故事目標、抱負和價值相符，必須具體而客觀。
- 決定的風險愈高，就愈容易看到角色必須對自己承認，這個決定很危險，卻是壞選項裡最好的那一個。讀者不會敬重莽撞踏入險境的角色，但知道風險所在卻為了大局而接受，並願意步入險境的角色將獲得讀者的尊重。
- 決定應該是全心的承諾，如果 POV 角色躊躇不前，就不是決定。她得全力投入這個決定。如果角色全力以赴，讀者也會全心投入。如果角色不願破釜沉舟，讀者可能就放下書去睡覺了。

反應式場景的幾個範例決定

來看看範例反應式場景中的 POV 角色做了什麼決定。

範例一

《飢餓遊戲》反應式場景裡的決定

凱妮絲在前面提到的章節結束時，已經想到辦法，但蘇珊．柯林斯沒告訴我們計畫的內容。在場景的最後一段，凱妮絲說她知道怎麼做了。她再也不防守，她要開始進攻，這一章結束。

這是一種結束反應式場景的方法，宣布有計畫了，然後結束章節。

另一個方法則是把計畫說出來。

不論用哪一種方法，都不要讓角色避而不談計畫。不是講明做法，就是移到下一個場景。

所以，凱妮絲會怎麼做？

我們在下一章看到了。

計畫是毀掉專業貢品的糧倉。

這當然很危險。專業貢品會奮戰到底，保衛糧食。

但凱妮絲跟小芸得發動攻擊，不然專業貢品會乾脆守株待兔，直到遊戲製造者強迫他們集合，那時專業貢品就有優勢了。

如果凱妮絲攻擊專業貢品，遊戲製造者會用攝影機聚焦她的進攻，因為進攻能帶來高收視率。

他們會給她表現的時間，正好符合她的需要。

這個計畫的報酬率很高。專業貢品不知道怎麼打獵採集，不知道飢餓是什麼感覺。過去這些年來，專業貢品如果沒了食物，通常很快就喪命了。

這就是決定。是好決定嗎？來分析一下：

- 是不是不給對方選擇？應該是。凱妮絲下這一著棋，成功的話，專業貢品的選項就大大減少了。
- 決定是不是幫下一個主動式場景定了好目標？當然。可行，但很難達成；具體而客觀。
- 凱妮絲承不承認風險很高？承認，但她的邏輯很通順，執行時也會睜大雙眼。她會不會全力投入？當然，小芸也一樣。

這是個好決定，現在我們有下一個主動式場景的目標了。

範例二

《異鄉人》反應式場景裡的決定

前面說到克萊兒才開始了解跟處理道格爾．麥肯齊提供的決定——必須跟傑米．弗雷澤結婚。道格爾要傑米結婚，有他自己的理由。但對克萊兒來說，其實是壞選項裡面最好的決定。場景的困境已經帶她想過所有其他的選項。

她心裡同意了，好，她要跟傑米結婚，場景就有了決定。

她當然很震驚。從小說的開頭到這裡，她一心要回到一九四六年。但除非跟傑米結婚，她絕對活不到能回去的時候。所以她同意了。

這個決定好嗎？來分析一下：

- 是不是別無選擇？對，克萊兒改變效忠對象，變成蘇格蘭公民，就此阻斷藍鐸上校的職權。他現在的選項變少了。
- 是否為下一個主動式場景提供了好目標？沒錯！有些法律問題要解決。要在很短的時間內幫克萊兒找到禮服。還有她不能視而不見的大問題——如果沒有夫妻之實，就不是合法婚姻。克萊兒不愛傑米，但她無法推諉這件事。她必須跟傑米上床，做那件事。她喜歡他，所以知道這件事會讓她的感覺變得很複雜。

- 克萊兒內心明白有什麼風險嗎？此處的風險不是肉體的，是情緒的。在她心裡，等於她要跟兩個男人結婚，即使其中一個當下還不存在。所以沒錯，她覺得這個辦法很瘋狂，會讓撕裂她的心，但她也知道只能這麼做。
- 她願意投入這個計畫嗎？願意，她會簽下自己的名字，說出誓言，躺上新房的床鋪。那是很認真的承諾。

在下一個場景，克萊兒又要面臨挑戰。

此時，讀者不太可能想把書放下了。

那是個好決定。

範例三

《教父》反應式場景裡的決定

前面說到麥可提議他跟索拉索和麥克勞斯基警長會面，開槍殺了這兩人。

但這還不是決定。他們在開家族會議，等大家都同意，才是決定。
麥可解釋了為什麼要有人去開槍。
他解釋了為什麼只有他可以接近這兩人把他們做掉。
其他人坐在那裡，考慮了一會兒。
現在有決定了，由於是團體的決定，必須一個階段一個階段上場。
麥可的哥哥桑尼抱了他一下，說他覺得這個主意不錯。
家族軍師湯姆·海根說他也覺得不錯，但為什麼要麥可去動手？
他們又梳理了一遍其他的選項，沒有其他索拉索肯信任的人有膽子下手。真的只能靠麥可。
但還有一些細節要處理。怎麼做？他們會弄一把槍，殺傷力最強的槍。槍管要短，爆破力超強，不需要精準，因為麥可會近距離開槍。他們會用特殊膠帶貼住槍管和扳機，免得留下指紋。他們告訴麥可，只要他殺了那兩人，就得丟下槍離開，所以被抓的話身上也沒有殺人武器。他們可以買通證人，但手上有把還在冒煙的槍就說不過去，他們也警告麥可，什麼都不准透露給他的女朋友。
就這樣了。
決定做好了。

這是好決定嗎？

上一章說過，你不需要同意這個決定。你可以說你個人絕對不會做這個決定。

但你不是麥可．柯里昂。

這是他要做的決定，不是你的決定。

你不需要同意，只要了解就夠了。

來根據我們的準則分析這個決定吧：

- 這是不是強迫的棋著？對，成功的話，這是棋局裡的將死（checkmate）。敵方被砍頭了，全面打敗塔塔奇利亞家族。沒有戰爭，因為作為國王的索拉索死了。
- 能不能成為下一個主動式場景的好目標？可以，這個目標很勁爆。可行但難如登天。符合麥可的一個價值。具體而客觀——在下一個主動式場景的結尾，索拉索跟麥克勞斯基死了，或者沒死。沒有中間地帶。
- 麥可知道有什麼風險嗎？他很清楚。他知道自己可能會死。他知道在最好的情況下，他要逃亡很長一段時間。麥可不是天真的小笨蛋。但他很確定，如果他不做這件事，父親一定會被謀害。絕望的時刻、絕望的手段。

• 麥可願意投入嗎？我敢說他一定全力以赴。他會扣下扳機，不然就壯烈犧牲。沒有第三個臨陣退縮的選項。他必須全心投入這個行動。

麥可的大場景要來了，他最重要的場景。

如果你在這裡放下書，不看下一個場景，我覺得你很無情。

從創作偉大故事的角度來看，那是很偉大的決定。

即使這個決定將讓麥可失去他的靈魂。

然後怎麼了？

結束反應式場景後，接下來要做什麼？

讀者想翻到下一頁，因為她一定要知道這個決定會如何發揮效用。

你有兩個選項：

• 在下一個場景轉到新的 POV 角色，移到故事的另一條線。讀者會開始擔心剛才做的決定，擔心到發慌。為什麼要這麼做？因為這會在讀者的大腦裡製造開放迴路，讓她覺得難熬。你之後當然會回到這條故事線，但在回去之前，這些開放迴路會讓讀者不想放下你的小說。

- 用同一個 POV 角色開展主動式場景，場景的目標就是剛在這個反應式場景中做的決定。

我們花了四章來解釋主動式場景跟反應式場景。你已經裝備好，可以設計出新的場景，然後開始動筆。你可以很有自信，你能寫出勁爆的場景，讓讀者孜孜矻矻讀到東方發白。

那麼，你已經寫好的場景怎麼辦？這些場景可能狀況不佳，因為你一開始動筆時還不知道怎麼設計。或者你已經學會設計好場景的方法，但你卻不在乎先設計再動筆，以至於寫出的場景品質不佳。

朽木還能雕琢成精品嗎？

可以。

不可以。

或許吧。

繼續看下去囉。

第四部 總結

第十四章　情況鑑別——如何修復有問題的場景

到目前為止，我們都在討論雪花分形寫作法裡面的第九個步驟，也就是寫作之前先設計好場景。

所以，現在在討論故事的第二版草稿。

現在我們要來談談寫出場景後怎麼編輯場景。

你可能會在第二版草稿裡大幅度改動許多場景。場景需要修改的話，通常有幾個理由：

- 你可能沒有在動筆前先設計好場景，因此沒有設計，或設計得很差。
- 即使你在動筆前先設計了場景，你的設計還是有可能走偏了。有時候直到你寫完了才意識到這是一個不太好的設計。
- 即使設計得超讚，寫作時場景或許會進化，最後的設計可能跟你預期的不一樣。
- 即使完美地設計並寫出了場景，你或許會發現主要的故事需要調整，這個場景也必須改動才能配合主要故事。

作者都是人，大多數作者發現他們的場景在第二版草稿中需要精雕細琢。完全沒關係。要得到理想的完稿通常只有一個方法，就是透過真的很可怕的初稿。很多專業作者會告訴你，他們寫過很多糟糕的初稿。我絕對也寫過，沒什麼好丟人的。

那麼，你要拿你的稿子怎麼辦？

情況鑑別——選擇可以、不可以，或者或許

在戰場上，軍醫隨時都在鑑別情況：

- 這個人要死了，即使我什麼都不做。
- 這個人要死了，我再努力也沒用。
- 這個人命懸一線，我必須現在就救治他。

情況鑑別很重要。軍醫或許有太多太多傷患，卻只有那麼一點點時間。他或許也在抵抗敵人的炮火。重點是，不要把時間浪費在顯然能活下來或顯然會死的傷患身上。軍醫必須把所有的資源集中給「有可能」的傷患——此時此刻能造成大不同的那些人。

編輯第二版草稿的場景時，也一樣需要鑑別情況。有三個決定可以選擇：

- 可以，這個場景這樣就很好了。在後面的草稿版本裡，或許要稍作潤飾，但設計很有力，我執行得也不錯。我會把這個場景標為「可以」，繼續處理下一個。
- 不可以，這個場景很糟，也沒辦法改好。修改拼字、把逗號放在正確的位置，或甚至為動作加料，都改變不了現狀。場景本身就不對，怎麼改都沒用。我要把這個場景標為「不可以」，因為我得拋棄它。我要設計全新的場景然後寫出來，不然我乾脆不用任何東西來替代這個場景。
- 或許這個場景可以存起來，但需要重新設計或重寫。現在就動手好了。

所以，你有三個可能的決定，怎麼知道哪一個才對？

怎麼決定「可以」

要給場景及格的分數，我有兩個要求。場景通常需要通過兩個測試：

- 場景本身是個微型故事。到場景結束時，我會得到強烈的情緒體驗。
- 我認同場景裡的嚴峻考驗。如果是主動式場景，嚴峻考驗便是衝突的源頭。如果是反應式場景，嚴峻考驗是特定的困境。

如果場景通過上述兩個測試，便是「可以」。

如果不通過，必須提出非常有力、令人信服的理由來說明為什麼這個場景應該可以通過。這不是不可能。寫小說並不一定要遵循一堆沒頭腦的規則。即使場景沒通過測試，還是能找到接受的理由。

我想知道你的理由。

在每個人的第二版草稿中，有幾個場景可以通過測試。

但是，也有幾個會失敗。

怎麼決定「不可以」

我不喜歡判定一個場景失敗了，因為一開始要付出努力才寫得出來，可以的話，我想盡力挽救。但我還是會評定場景失敗了，因為下面幾個理由：

- 場景已不再適合我所講述的整體故事。如果場景不合適，就是不合適。捨棄它。
- 場景不能給我強烈的情緒體驗，我也看不出來我當初怎麼會覺得可以。真的，整個場景的設想就是嚴重的錯誤。寫作的時候，我一定被一些很糟的藥物控制了，場景沒有精神，永遠顯現不出來。
- 場景的嚴峻考驗沒有辨識度，我也想不到什麼理由去認定嚴峻考驗現在可以融入。
- 場景不是故事，不管怎麼改，都無法改成故事。

每個場景都必須發揮應有的效用。每個場景都必須是故事。每個場景都要給讀者有力的情緒體驗。如果場景除了「搭舞台」外別無成效，那就失敗了。如果場景的效用只是「填寫背景故事」，那就等於失敗。如果場景只能「展現角色的動機」，也算失敗。

這些都是好事。很多場景會設好舞台、提供背景故事、展現角色的動機，但還需要別的效用。你必須說個故事，需要在讀者的腦海裡播出一部電影。

如果你的場景不能盡到場景的效用，改也無法改，那就捨棄吧，因為它會吞噬故事的活力。不要心軟，把場景的屍體丟給鯊魚，轉頭離開。

但是，殺也要用對方法。

或許還能廢物利用。

決定殺掉一個場景時，不是真的刪除。

我可能會改變心意，或許我想搶救幾句對話，或很多東西。

我把場景標成以後刪除，繼續往下編輯。

在下一版的草稿裡，我會刪除所有這一版我標好要刪除的場景（開始新版草稿的時候，我做的第一件事是把初稿文件複製一份，在檔名裡加入「草稿二」或「草稿三」，以此類推。然後修改新草稿，前一版再也不改動）。

如此一來，如果有個很好的句子或段落或對話，要用在以後的草稿裡，我還可以找得到。

我這一生殺掉過很多場景，向來覺得問心無愧。

但大多數場景不需要殺。都可以修復。

「或許」的場景該怎麼辦？

我大多數場景都標成「或許」。如果不是明確的「可以」或明確的「不可以」，就評為「或許」。意思是我會盡我的努力把它們變好。

修復的過程如下：

1. 決定這應該是哪一種場景。主動式場景，還是反應式場景？一開始時你或許想好了是其中一種。那個決定仍OK嗎？還是你一開始時無法下定決心呢？你是不是沒設計就把場景寫出來了？如果第一版設計不佳或沒有設計，沒有關係。可是，現在要決定這個場景是哪一種。如果真的無法決定，就標成要刪除，因為這個場景沒救了。
2. 如果你決定是主動式場景，寫下目標是什麼、衝突是什麼、挫折或勝利是什麼。我建議你一定要清楚描述嚴峻考驗。
3. 如果你決定是反應式場景，問自己能不能完全省略這個場景。現代小說的趨勢是少用反應式場景。能不能用幾段敘述性摘要取代這個場景？能不能連摘要也省略，直接進到下一個主動式場景？還是你一定要在這裡放一個反應式場景，讓讀者有機會喘口氣？

4. 如果是反應式場景，你想留著，寫下反應是什麼、困境是什麼、決定是什麼。同樣地，我建議要清楚描述嚴峻考驗。

5. 有可能的話，寫下你期待讀者在這個場景裡得到的強烈情緒體驗。

6. 重寫這個場景。

7. 重寫好以後，你需要再度鑑別這個場景。你可以馬上鑑別，或標起來之後再處理，但你不能假設只是因為你重寫了一次，這個場景現在就及格了。場景仍需要測試，確定能發揮故事的效用。所以你必須再度鑑定，可以現在做，也可以稍後再做。

很麻煩吧，對不對？

當然很麻煩。編輯的工作非常辛苦。但專業作家會編輯自己的作品，而且非常努力。你要當個專業作家。

場景情況鑑定的範例

我沒看過《飢餓遊戲》、《異鄉人》或《教父》的原稿。但我相信作者對大多數場景都認真鑑定過，不過我沒法子知道他們做了什麼。我只能看到最終的結果。

我唯一鑑定過的場景都是我自己寫的。

因此，說到場景情況鑑定，我能給大家看的例子就是我怎麼鑑定自己的著作。

這裡的範例來自我的小說《氧氣》（*Oxygen*），是跟我的朋友約翰・奧森（John Olson）一起寫成的。

《氧氣》是一本懸疑科幻小說，時間訂在未來幾年，講述人類的第一次火星任務。我跟約翰在二〇〇一年出版這本書，我們設定當時的未來年分，也就是二〇一四年。我們研究了行星的軌道，根據地球和火星在二〇一四年的實際位置規畫這次任務。火箭定在超級盃（Super Bowl）開幕的前一天發射，著陸則定在七月四日（在這本小說裡，NASA 因為資金問題，很重視電視收視率，所以他們選擇美國觀眾廣告收益最高的日期）。

《氧氣》的嚴峻考驗相當簡單。任務開始二個月後，火箭戰神十號（Ares 10）上發生爆炸，四名太空人面對的問題是：氧氣只夠其中一個人活著抵達那顆紅色的行星。誰來決定誰死誰活？誰又能執行那個決定？

技術提示：在太空船上，要用電力分解水或二氧化碳來製造氧氣。爆炸並未毀滅氧氣，但供電的太陽能板毀壞了大半。由於太空船已經遠離地球，陽光變弱，因此電力也變少了。按照我們的計算，在四月十日前，將沒有足夠的電力能讓四名太空人存活。

關於嚴峻考驗的更多資訊：四名太空人有二男二女，鮑伯（Bob）內心深愛瓦爾基麗（Valkerie），可是她不知道。

爆炸後，小說中段講述 NASA 如何擬定拯救所有四名太空人的不可能計畫。要實現的話，一切都不能出錯：

- 太空船的醫生瓦爾基麗要讓其他三名太空人暫時昏睡，以節省氧氣。
- 接下來的幾個星期，瓦爾基麗要保持清醒，照顧其他人。
- NASA 會讓正在前往火星的自動太空船轉向，在五月十六日左右與太空人的船隻於深空會合。自動太空船比他們早一個月發射，所以在略微不同的軌道上。
- 在會合前，瓦爾基麗會喚醒鮑伯，教她對接自動太空船的程序。
- 他們會拆取自動太空船的太陽能板，他們的太空船應該就有足夠的電力恢復製氧。

約翰跟我都是電腦宅男，我們也真的研究了航天動力學、需要的氧量、電力供應等式、日期等等細節。我們非常努力，研究了很多東西。我們也非常驕傲，能想到辦法拯救我們的太空人。

但你可能已經在笑我們太蠢了。因為，如果計畫能成功，隊員五月十六日就獲救，還有七個星期可以開開心心地前往火星。

對太空人來說，太棒了。

對故事來說，太糟了。

約翰跟我一直沒想到這一點，直到我們寫到會合的場景。

我們陷入焦慮。

故事還有一百多頁要寫。

後面的衝突就不多了（概要裡規畫了一些衝突，但我們寫到這個場景的時候，覺得很呆，有點牽強，不足以承載故事）。

大災難。

我們已經把書賣給出版社。

我們已經收到了預付款。

我們已經告訴所有的作家朋友我們要出書了。

而現在，我們的故事卻注定會失敗。

某個感覺很漫長的星期天下午，我們打電話開了緊急會議，講了好幾個小時。我們鑑定了會合的場景。

原本的計畫是寫成主動式場景，像下面這樣：

- 目標：與自動太空船會合。
- 衝突：自動太空船的速度有點快。鮑伯才剛醒來，因為疲累而無法幫太多忙。瓦爾基麗不是飛行員，但在鮑伯的建議下，她讓自動太空船的速度減到剛剛好。
- 勝利：他們順利與自動太空船會合。

寫企畫時，我們信心滿滿，隊員能完成會合。因為錯過了這一次，沒有其他可行的方法讓他們多活幾天。錯過了會合，他們就要死了。

我們不希望他們死。

但會合會毀了故事。

最後，我們決定，他們必須錯過會合。

技術提示：會合時，兩艘船的相對速度必須幾乎為零。你不能把兩艘高速行進的船猛撞在一起，要輕輕推到同一個地方。但在太空裡沒有煞車，減速的方法跟加速一樣——催動引擎。但火箭燃料很重，能帶的也不多。

所以，我們改寫後的場景計畫如下：

- 目標：與自動太空船會合。
- 衝突：自動太空船過來的速度很快，超過每秒兩百公尺。燃燒器燒得更熱烈，好讓速度慢下來，但燃料不夠，熄火了。
- 挫折：自動太空船咻咻掠過我們的隊員，快速消失在黑暗的太空裡。我們的主角錯過了會面，現在他們面臨死亡。

這樣，故事是不是健康多了？

我們當然想破了頭，究竟要怎麼拯救我們的隊員？我們不要他們死，但船上已經沒有東西可以拆下來製造氧氣，電力少到無法製造足夠的氧氣，也沒有其他自動太空船的太陽能板可以拿來利用。

但我們還沒想到一個很小的氧氣源頭，因為太奇怪了。而且再怎麼說，真的太小了，也危險得不得了。

不過，快死的時候，再奇怪、再小、再危險，都不算什麼。

所以，我們的太空人放手一搏，那一招瘋狂的策略又讓我們寫了一百頁，寫了形形色色的目標、衝突、挫折、反應、困境和決定。我們寫完了書，編輯很高興，即使跟我們賣給他的概要早就差了十萬八千里。因為，新的故事更好看。

任務完成。

那就是情況鑑別

測試每個場景。

接受健康的。

修復軟弱的。

殺死那些注定活不下去的。

沒有例外。

第十五章　核對清單：如何寫出勁爆的場景

這一章總結本書各章最精采的部分。如果你讀到這裡，你已經學到了所有的細節，這些記述只是提醒你學了哪些東西。

讀者最想要什麼？

讀者最想要的就是故事。你代入另一個人，通過困難的險境，故事就出現了。故事會打造情緒肌肉記憶。故事會深入你的內心，因為故事教你怎麼生存，同時給你強大的情緒體驗。

故事是面對嚴峻考驗的角色

角色是一個人，她很想要她無法擁有的東西。嚴峻考驗是她得不到那個東西的因素。故事給讀者錯覺，她以為自己是那個角色，進入你創造的嚴峻考驗，所以故事能傳達有力的情緒體驗給讀者。

每個場景都是一個微型故事

你的故事由很多場景組成。每個場景本身都必須是一個微型故事，傳達自身的強力情緒體驗。因此，每個場景都需要有一個以上的主演角色，經歷微型的場景嚴峻考驗。在場景的結尾，場景嚴峻考驗就會破除，你也不會再度使用。但整體故事的嚴峻考驗則會留到故事的結尾。

每個場景都需要 POV 角色

在每個場景中，你選一個 POV 角色擔任那個場景的主角。場景中的情緒對 POV 角色的影響，以及對整個故事主角的影響，是衡量該場景情緒的尺度。呈現 POV 角色的選項有六個，你可以選一個：

- 第一人稱
- 第二人稱

- 第三人稱
- 第三人稱客觀
- 大腦串遊
- 全知

你有三個選擇來呈現場景的時機：

- 過去式
- 現在式
- 未來式

每個場景都需要嚴峻考驗

每個場景都需要場景嚴峻考驗，它將持續整個場景，然後在場景結束時破除。如果你需要解釋背景故事或故事裡的世界，讓讀者能看懂場景嚴峻考驗，有需要的時候再解釋。場景有兩個標準型態，主動式場景及反應式場景。

主動式場景看起來像這樣：

1. 目標
2. 衝突
3. 挫折（有時候是勝利）

反應式場景看起來像這樣：

1. 反應
2. 困境
3. 決定

主動式場景的場景嚴峻考驗，有可能導致 POV 角色無法達成她在場景裡的目標。

反應式場景的場景嚴峻考驗，有可能導致 POV 角色離開故事。

如果你說不出場景嚴峻考驗是什麼，這個場景就有問題。

主動式場景的心理學

主動式場景會觸動讀者許多的情感按鈕。POV 角色如果討人喜歡，她的目標會讓你欽佩她，希望她能達成目標。POV 角色如果不討人喜歡，她的目標會讓你不喜歡她，希望她不要達成目標。衝突讓你擔心接下來會發生的事，持續翻過書頁。挫折讓你為故事的主角感到難過，忍不住繼續翻頁看她如何脫離麻煩。如果結尾是勝利，你覺得很開心，或許會在適合停下來的地方放下這本書，所以最好能在出人意料之外的地方轉勝為敗。

如何創造出勁爆的目標？

符合下列條件的就是好目標：

- 符合場景的可用時間。
- 有可能做到。
- 有難度。
- 適合你的 POV 角色。

・既具體又客觀。

如何創造出勁爆的衝突？

衝突的張力可高可低，你可以根據書籍的類別來決定恰當的程度。衝突只是 POV 角色一再嘗試如何達到目標的過程。每次嘗試都會碰到障礙，場景裡的緊張不斷升高。障礙都消除後，就可以結束場景。

如何創造出勁爆的挫折？

挫折是故事主角碰到的挫敗，對當前場景中的 POV 角色來說，不一定是失敗。如果你的 POV 角色是故事裡的壞蛋，他贏了，你的主角就碰到挫折。場景不能總是以挫折做終，因為有時候情況太糟糕了，POV 角色可能就得死掉。所以，有時候必須用勝利結束主動式場景，但是可以的話，盡量寫成參雜了挫敗的勝利。

反應式場景的心理學

反應式場景需要從反應開始，多半是情緒反應。這是一個機會，透過讀者對受傷角色的同理心，帶來有力的情緒體驗。隨之而來的困境就不是情緒上的——而是智力上的。讀者可以藉此學會用新的方式面對危機。決定讓讀者有機會體經歷大家都讚賞的果斷，因為很少見。

現代小說裡的反應式場景愈來愈少見，所以你也可以刪減反應式場景，用敘述性文字簡單帶過，或乾脆跳過。

如何創造出勁爆的反應？

符合下列條件的就是好反應

- 顯露 POV 角色的情緒，讓讀者深刻體驗這些情緒。
- 符合 POV 角色的個性。
- 符合 POV 角色的價值、抱負及故事目標。
- 與挫折相稱。

如何創造出勁爆的困境？

困境會展現 POV 角色在考慮幾個有可能的行動計畫，但還沒開始執行。問題是，所有的選項都很糟，POV 角色必須推論出哪一個是最好的。困境有時候也會讓讀者看到有人告訴 POV 角色該怎麼做，她也必須說服自己她同意這個做法。有時候，困境則展現 POV 角色用行動填滿時間，同時她的潛意識想出解決問題的方法。

如何創造出勁爆的決定？

決定是解決困境的方法。不是好選項，而是壞選項中最不差的那一個。符合下列條件，便是有力的決定：

- 是不得不下的一著棋——POV 角色決定做某件事，來限制對手的選項。
- 可以作為未來某個主動式場景的目標。
- 如果決定很危險，POV 角色承認危險，延續讀者對她的讚賞。
- 是堅定的承諾——POV 角色需要全力投入這個新計畫。

情況鑑別——如何修復拙劣的場景

寫好故事後，仍需要編輯。編輯時，必須細看每個場景，鑑定好不好——可以、不可以、或許。

少數幾個場景很不錯，你可以立刻標記成「可以」。通常，如果滿足下列條件，就是成功的場景：

- 本身顯然是一個故事，帶給人強大的情緒體驗。
- 你可以立刻說出場景嚴峻考驗是什麼。

少數幾個場景可能糟透了，你可以立刻標記成「不可以」。在下列情況下，場景通常行不通：

- 整體的故事改了，場景再也無法融入。
- 場景無法給人強烈的情緒體驗，顯然再怎麼改都沒有用。
- 場景沒有高識別度的場景嚴峻考驗，也找不到方法胡亂拼湊一個出來。
- 場景不是故事，也不能改成故事。

大多數場景會是「或許」，你需要按下面的程序試著重新設計：

- 決定這個場景應該是主動式場景還是反應式場景。如果兩者都不合理，標記「不可以」，準備刪除。
- 如果是主動式場景，寫下目標、衝突和挫折（或勝利）。
- 如果是反應式場景，問你自己到底需不需要這個場景。能不能用幾句話概括，刪除的話會不會損害故事？刪掉以後會改善故事的步調嗎？
- 如果決定留著反應式場景，寫下反應、困境和決定。
- 寫下你希望這個場景帶給讀者的強烈情緒體驗。
- 重寫場景。
- 再度鑑別場景，確定現在可以及格了，不然就標成稍後再度鑑別。

鑑別過故事裡每個場景，只留下通過測試的場景後，就可以更精細地編輯你的故事。故事裡的每個場景現在都已經打造成勁爆的場景。

場景寫作術：好故事來自一連串的好場景，一冊通曉「雪花分形寫作法」中感動讀者的最關鍵步驟

How to Write a Dynamite Scene Using the Snowflake Method

作者	蘭迪．英格曼森 (Randy Ingermanson)
譯者	嚴麗娟
責任編輯	張沛然
版權	吳亭儀、江欣瑜
行銷業務	周佑潔、林詩富、吳淑華、吳藝佳
總編輯	徐藍萍
總經理	彭之琬
事業群總經理	黃淑貞
發行人	何飛鵬
法律顧問	元禾法律事務所　王子文律師
出版	商周出版　115 台北市南港區昆陽街 16 號 4 樓 電話：(02) 25007008　傳真：(02)25007579 E-mail：ct-bwp@cite.com.tw　Blog：http://bwp25007008.pixnet.net/blog
發行	英屬蓋曼群島商家庭傳媒股份有限公司城邦分公司 115 台北市南港區昆陽街 16 號 8 樓 書虫客服服務專線：02-25007718　02-25007719 24 小時傳真服務：02-25001990　02-25001991 服務時間：週一至週五 9:30-12:00　13:30-17:00 劃撥帳號：19863813　戶名：書虫股份有限公司 讀者服務信箱 E-mail：service@readingclub.com.tw
香港發行所	城邦（香港）出版集團有限公司 香港九龍土瓜灣土瓜灣道 86 號順聯工業大廈 6 樓 A 室 E-mail: hkcite@biznetvigator.com　電話：(852)25086231　傳真：(852)25789337
馬新發行所	城邦（馬新）出版集團 Cite (M) Sdn Bhd 41, Jalan Radin Anum, Bandar Baru Sri Petaling, 57000 Kuala Lumpur, Malaysia. Tel: (603) 90563833　Fax: (603) 90576622　Email: services@cite.my
封面設計	李東記
印刷	卡樂彩色製版印刷有限公司
總經銷	聯合發行股份有限公司　新北市 231 新店區寶橋路 235 巷 6 弄 6 號 2 樓 電話：(02) 2917-8022　傳真：(02) 2911-0053

■2024 年 7 月 30 日初版

城邦讀書花園
www.cite.com.tw

Printed in Taiwan

定價 360 元

ISBN 978-626-390-205-3

國家圖書館出版品預行編目 (CIP) 資料

場景寫作術：好故事來自一連串的好場景，一冊通曉「雪花分形寫作法」中感動讀者的最關鍵步驟 / 蘭迪．英格曼森 (Randy Ingermanson) 著；嚴麗娟譯．-- 初版．-- 臺北市：商周出版：英屬蓋曼群島商家庭傳媒股份有限公司城邦分公司發行，2024.08
面；　公分
譯　自：How to write a dynamite scene using the snowflake method.
ISBN 978-626-390-205-3(平裝)

1.CST: 寫作法

811.1　　113009602